O PÁSSARO RARO

JOSTEIN GAARDER

O PÁSSARO RARO

Contos

Tradução:
SONALI BERTUOL

CIA. DAS LETRAS

Título original:
Diagnosen og andre noveller
Tradução, autorizada pelo autor, com base na versão alemã de Gabriele Haefs

Capa:
Silvia Ribeiro

Ilustração da capa:
Maria Eugênia

Preparação:
Flavia Bancher

Revisão:
Ana Maria Barbosa
Cláudia Cantarin

Dados Internacionais de Catalogação na Publicação (CIP)
(Câmara Brasileira do Livro, SP, Brasil)

Gaarder, Jostein, 1952–
O pássaro raro : contos / Jostein Gaarder ; tradução de Sonali Bertuol. — São Paulo : Companhia das Letras, 2001.

Título original : Diagnosen og andre noveller.
ISBN 85-359-0173-6

1. Contos alemães I. Título.

01-4490 CDD-833.91

Índices para catálogo sistemático:
1. Contos : Século 20 : Literatura alemã 833.91
2. Século 20 : Contos : Literatura alemã 833.91

2001

EDITORA SCHWARCZ LTDA.
Rua Bandeira Paulista, 702, cj. 32
04532-002 — São Paulo — SP
Telefone: (11) 3846-0801
Fax: (11) 3846-0814
www.companhiadasletras.com.br

SUMÁRIO

O PÁSSARO RARO

Consta que o mundo tem muitos anos. Porém raramente ele dura mais de um século. Somos nós que envelhecemos.

Enquanto vierem pessoas ao mundo, ele terá o mesmo viço e frescor do sétimo dia, no qual Deus descansou.

Neste momento, somos testemunhas de uma criação. Ela desponta diante de nossos olhos, em plena luz do dia: um mundo surge do nada...

E ainda assim existem pessoas que ficam entediadas!

A maior parte do tempo o mundo desperdiça dormindo. A maior parte do espaço também.

Apenas de vez em quando, ele esfrega os olhos e desperta para a consciência de si mesmo.

— Quem sou eu? — indaga o mundo.

— De onde venho?

Por alguns segundos, o pássaro raro pousou em nosso ombro.

O SCANNER DO TEMPO

A CONSCIÊNCIA ARBITRÁRIA

1

Há muitos e muitos anos, a vida acontecia ao ar livre. Ia-se para casa apenas quando se tinha fome ou frio. Se alguém quisesse encontrar uma pessoa, era preciso procurá-la fisicamente. Mas isso foi há muito tempo. Afinal, para que sairíamos, se toda a vida se passa entre nossas quatro paredes?

Uma pessoa vive apenas oitenta, noventa anos. Em certo sentido, porém, ela vive para sempre. É que ela não pode se esconder de seus descendentes. Daqui a mil anos, com certeza, vai haver alguém me observando aqui sentado diante da tela. De qualquer forma, o que *vivenciamos* não dura mais de oitenta, noventa anos. Portanto, por que deveríamos sair de casa? Mas o que se quer mesmo é ter o máximo possível de vivências. Nas últimas semanas, por exemplo, concentrei-me sobretudo na guerra do Vietnã. Uma história repugnante. Que além disso se repetiu alguns anos mais tarde no Afeganistão. Mas o Afeganistão pode esperar até o próximo mês.

2

Tudo começou na primeira metade do século XX com os *aparelhos de rádio*. Fico comovido só de imaginar o dilema que devia ser a escolha de uma estação de rádio para as pessoas naquela época. De repente, era possível receber na própria sala sinais sonoros enviados de todas as partes do mundo. Mas se as pessoas soubessem de tudo o que ainda iria acontecer... Já naquele tempo a própria casa adquiria uma nova dimensão. Afinal, o que eram as novidades das quais se ficava sabendo no pub local ou no bar da esquina perto das notícias de Nova York ou Tóquio ouvidas em primeiríssima mão?

Mas disso todos já sabem. Mesmo assim, é preciso mostrar com toda a clareza as incríveis semelhanças que existem entre um aparelho de rádio e o atual *scanner do tempo.* Em princípio, era possível captar milhares de estações de rádio em centenas de países.

Algumas pessoas naquela época tornaram-se *radioamadores*. Isto é, compravam ou montavam elas mesmas pequenas emissoras próprias, para com isso atrair para si a atenção do mundo. Um desdobramento dessas possibilidades foram as *estações de rádio locais,* que no começo da década de 80 se multiplicavam como coelhos.

Já com esse desenvolvimento, as distâncias geográficas perderam em muito sua importância. Ao lado do rádio, contudo, também foram fatores igualmente significativos o *telefone* e o *telégrafo* — que sofreram um desenvolvimento espantoso durante todo o século XX.

3

Antes ainda que o rádio chegasse ao mercado, já haviam sido feitas experiências com imagens vivas.

Como se sabe, o filme representou uma forma estupenda de comunicação unilateral. As pessoas pagavam um tanto e sentavam-se na *sala de cinema*. A única possibilidade de escolha que lhes restava era sair da sala antes do fim da projeção. Será que ainda hoje é possível ter uma medida do entusiasmo com que o mundo acolheu o cinema?

Depois veio a *televisão*. Por volta de 1970, a rede de emissoras de televisão estendia-se sobre boa parte do mundo, e aí começou a morte do cinema. Do conforto de seus sofás, agora as famílias podiam ver na tela o que se passava no mundo.

No começo da década de 70, também chegaram ao mercado os primeiros *aparelhos de vídeo*. Assim como antes já se fazia com os sons, agora as imagens vivas eram armazenadas em fitas magnéticas.

O vídeo conquistou o mundo de forma arrebatadora. Muitos hotéis passaram a equipar seus quartos com a nova maravilha. Na vida privada, abriam-se possibilidades inteiramente novas para o uso do aparelho de televisão. A partir de agora, cada família podia decidir que filme queria ver. Fitas de vídeo podiam ser alugadas por um preço irrisório. E isso ainda não era tudo: depois de algumas décadas, a maioria das famílias modernas dispunha de sua própria câmara de vídeo.

Vidas e histórias humanas foram armazenadas em fitas magnéticas. As câmaras de vídeo podiam registrar mesmo os crimes mais abjetos que eram cometidos nas ruas, nas estações de metrô, nos bancos e em todos os lugares por onde transitassem pessoas. A casa passou a ser o lugar mais seguro para se estar. Naturalmente lá havia mais coisas para fazer do que antes.

Junto com os aparelhos de vídeo, difundiu-se também a chamada *televisão a cabo*. Mas mais importante ainda foi o cinturão cada vez mais denso de *satélites de comunicação* que circundava a Terra. A partir de meados da década de 90, quem possuísse um aparelho de televisão podia captar algumas dúzias de emissoras, a maioria das pessoas podia escolher entre centenas de canais. Após cinqüenta anos, a televisão havia atingido o alcance intercontinental das ondas curtas.

Nessa altura, a produção de vídeos e de programas de televisão também havia aumentado significativamente. A qualquer momento, podia-se captar um número considerável de emissoras através do aparelho de televisão. Quem, apesar disso, não encontrasse nada interessante — e sei do que estou falando quando digo "apesar disso" — sempre dispunha de alguns metros de estante com filmes e gravações aos quais, aliás, nunca tinha tempo para assistir. Em alguns casos, essas coleções de registros audiovisuais alcançavam dimensões espantosas.

Os fervorosos colecionadores de fragmentos de realidade contavam com uma imensa oferta de possibilidades. Já nessa época as pessoas começaram a se retirar das ruas e das praças. E isso no fundo não era de se admirar. Afinal, o que as ruas ainda tinham a oferecer? No próprio quarto, tinha-se acesso a todas as formas imagináveis de entretenimento.

4

As possibilidades dos aparelhos de televisão ampliaram-se ainda mais com a *revolução da informação* que o mundo viveu no final do século XX.

Na passagem do milênio, quase todos os aparelhos de televisão funcionavam simultaneamente como terminais de computador. A ampliação da rede de telecomunicações havia unido o mundo numa única rede de comunicação.

Por volta do ano 2030, o pagamento de serviços, qualquer tipo de transação monetária, bem como todas as encomendas de mercadorias eram realizados da sala de estar. As pessoas não dependiam mais de seus aparelhos particulares de vídeo ou de suas próprias fitas. Tampouco precisavam possuir livros, que ficavam empoeirando na estante. Tudo o que se quisesse ver, e tudo o que se quisesse saber, podia ser transferido diretamente dos bancos de dados para os aparelhos da sala ou da cozinha. Quem quisesse uma cópia de um artigo de jornal ou enciclopédia, de um poema ou de um romance, podia produzi-la por conta própria na impressora da família.

Todo mundo então tinha acesso a todos os noticiários, antigos e atuais, a todos os filmes, antigos e atuais; toda a história da arte estava disponível em produções de vídeo — em suma: boa parte dos atuais recursos já era utilizada cotidianamente na primeira metade do século XXI.

No começo do século XXI, o antigo telefone sonoro teve que ceder seu lugar ao *videofone*. Falar num fone não é a mesma coisa do que conversar face a face. Os gestos são uma parte importante da linguagem. É bom ver uma pessoa de quem se gosta — quase tão bom quanto tê-la nos braços. Assim, paradoxalmente, o videofone contribuiu para distanciar as pessoas umas das outras.

Além disso, é interessante mencionar que naquela época foram instaladas câmaras de vídeo em cerca de cinco mil locais centrais do mundo, que, sem nenhum texto ou comentário, mostravam o que se passava diante delas. Quem quisesse saber como estava o tempo em alguma parte do mundo, precisava apenas sintonizar a emissora correspondente. Do sofá, era possível dar uma olhada em todos os cantos do mundo.

Com o tempo — e este é o cerne da questão — lamentavelmente aconteciam cada vez menos coisas ao ar livre. Sair de casa significava limitar o horizonte de forma brutal.

5

É possível escrever longos tratados sobre o desenvolvimento da comunicação antes do scanner, e é possível criar muitas *expressões de busca* e *códigos* sobre esse tema ("Do tambor ao scanner do tempo" é especialmente recomendável). Aqui neste caso, uma breve exposição deve ser suficiente. De maneira resumida, podemos dizer o seguinte:

Todas as formas de comunicação mais antigas, inclusive a conversa e qualquer modo de transmissão de conhecimento, até meados do século XXI, funcionavam através do aparelho de televisão. Qualquer *contato* humano — de continente para continente, de geração para geração — tinha lugar diante da tela, que também era chamada de *terminal*.

Tudo se juntava numa única rede de dados. Uma ou mais telas em cada ambiente era a regra. Na maioria das casas, tinha-se, como hoje, uma tela grande na sala e diversas pequenas telas nos outros aposentos. Por volta do ano 2080, não era absolutamente incomum que se encontrasse uma tela em cada parede de cada cômodo. Hoje a opinião predominante é de que essas muitas telas de uma casa roubam-lhe toda a atmosfera. No entanto, quem estiver na cozinha cortando pão ou mesmo sentado no banheiro, certamente gostará de ter alguma coisa para ver. Afinal de contas, o tempo não pode ser desperdiçado. Tudo está ao alcance da mão, o mundo inteiro está sobre a mesa da cozinha. Não aproveitar todas essas possibilidades beiraria a apatia.

A partir do começo do século XXI, podemos falar de uma autêntica *comunicação bilateral*. A rede não possibilitou apenas trazer todas as formas de informação para as telas; ela também permitiu entrar em contato com qualquer pessoa sobre a face da terra. Em 2050, a probabilidade de encontrar alguém em casa era de 87%. (Hoje é de 97%.)

As pessoas tinham abandonado definitivamente as praças e as ruas. O terminal havia se tornado a praça. Quem quisesse fazer um passeio pela cidade para relaxar, precisaria, como ainda hoje, ir para casa para comprar tomates ou conversar com outra pessoa.

PLEROMA

1

A virada radical na história da humanidade teve início após uma série de descobertas revolucionárias na física quântica por volta de 2100.

Já em 1900, sabia-se que os átomos não são minúsculas pecinhas de matéria impermeável, como Demócrito imaginara. Até mesmo já se havia descoberto que eles podem ser decompostos em "partículas elementares" ainda menores.

Mas também a essas partículas elementares faltam a solidez e a tangibilidade que formam a base de qualquer materialismo. Num dado momento, elas se comportam como esferas ou partículas compactas — no momento seguinte, como ondas ou energia, o que está relacionado ao fato de que as chamadas partículas elementares não são elementos, mas concentrações de quarks.

O princípio da complementaridade de Bohr era conhecido desde o começo do século XX. Naquela época, falava-se de uma tendência pós-materialista na física moderna. Durante um tempo, até mesmo se preconizou a "emancipação da física perante a razão humana". (Cf. o código de busca "Física quântica", assim como os verbetes "Planck", "Einstein", "Bohr", "Schrödinger", "Heisenberg", "Dirac", "Eddington" e "Pauli".)

Justamente quando se acreditava ter apreendido as partículas mínimas da matéria, elas haviam desaparecido. De qualquer forma, elas haviam mostrado um comportamento mais fantasmático do que se esperava.

"O rio do conhecimento corre em direção a uma realidade não mecânica", afirmava-se. "O Universo assemelha-se mais a uma grande idéia do que a uma grande máquina" (Jeans, "Física quântica", 4312) ou, na formulação de Eddington, "a matéria do mundo é matéria anímica".

Se essas pessoas soubessem o que descobririam a seguir!

Sim, pois isso ainda estava longe de ser tudo. No ano de 2062, Blumenberg provou que a realidade tem cinco dimensões, das quais o Universo visível abrange apenas as quatro primeiras. Tempo e espaço são as propriedades de uma única substância, que atualmente chamamos de *pleroma*. (Cf. o código de busca "Física", assim como os verbetes "Blumenberg", "Knox" e "Tangstadt".)

Finalmente, o tunisiano Labidi conseguiu provar que os movimentos dos quarks são armazenados no pleroma — que é onde o tempo e o espaço convergem num *continuum*.

Assim, tudo se fundia numa única noção. As inúmeras leis da física uniam-se para formar uma lei natural universal.

2

Já no século XVIII, o matemático francês Laplace fantasiava a existência de uma inteligência que conheceria a posição de todas as partículas de matéria num determinado momento. Para essa inteligência, nada seria "desconhecido, e o futuro e o passado se descortinariam diante de seus olhos".

Essa inteligência que Laplace imaginou existe de verdade. Nós a chamamos de pleroma — muito embora ela não seja mais inteligente do que um banco de dados.

Em 2105, Abdullah Rushdie comprovou que todos os acontecimentos do Universo são armazenados no pleroma. De lá eles também podem ser recuperados.

Quinze anos mais tarde, em janeiro de 2120, já era construído o primeiro protótipo de seu scanner do tempo.

O mundo ficou paralisado de espanto. Com a ajuda dos dois sintonizadores, agora era possível desvendar todos os enigmas da história que ainda não haviam sido solucionados. Todos os acontecimentos da história mundial podiam ser trazidos para a tela. Não na forma de vídeos, filmes de época ou documentários, não, diretamente do palco da história.

Com isso, tudo começou. E, com isso, todo o velho ficou para trás.

3

No início, a nova invenção foi mantida em segredo. Como a humanidade lidaria com a nova ferramenta?

É claro que o scanner do tempo (o protótipo foi construído no Centro CERN em Genebra) era algo inteiramente novo. Mas não devemos esquecer o desenvolvimento que o precedeu. Já naquela época, todas as pessoas tinham acesso a qualquer forma de experiência humana. No ano de 2120, não havia mais nenhum tipo de dado que não pudesse ser trazido para a tela doméstica com o simples pressionar de teclas. Todos os filmes, todas as obras de arte, todos os textos já escritos e todas as informações existentes sobre a humanidade eram patrimônio cultural coletivo.

Novo era tudo o que até então as pessoas ainda *não* haviam incorporado à sua experiência. Agora era possível passar em revista na tela toda a história mundial. Tal evento levaria uns cinco bilhões de anos, mas, com o scanner do tempo, mesmo os períodos longos podiam passar rapidamente na tela. Ao encontrar algo interessante, bastava reduzir a velocidade ou deter-se nas cenas mais relevantes.

Agora não era mais necessário providenciar um filme ou um texto de enciclopédia sobre a Segunda Guerra Mundial. Esse triste capítulo da história da humanidade podia ser vivenciado diretamente na tela. Um acontecimento isolado, uma execução, por exemplo, ou um encontro entre Hitler e Goebbels, podia ser captado sem dificuldades com a ajuda dos dois sintonizadores com os quais hoje todos estão tão familiarizados, o *sintonizador temporal* e o *espacial*.

Afirmar que os pioneiros em Genebra se lançaram com entusiasmo sobre o scanner do tempo seria um eufemismo. Afinal de contas, eles tinham nas mãos nada mais nada menos do que toda a história da humanidade.

Mas essa nova invenção era de fato uma bênção para a humanidade? Ou, na verdade, se estava lidando com um brinquedo perigoso?

4

Como sabemos, após algumas décadas as telas nas residências já estavam conectadas ao scanner do tempo. Por volta de 2150, pouquíssimas pessoas haviam decidido não adquirir os dispositivos acessórios de que precisavam para fazer uso da nova oferta.

O público reagiu com verdadeiro entusiasmo, a antiga tecnologia já havia preparado o terreno. E muitos não sentiram a mudança como algo especialmente dramático, mas antes a consideraram uma passagem gradual.

Os dois sintonizadores do scanner do tempo não eram mais difíceis de manejar do que os joysticks dos antigos jogos de computador. Quem soubesse manusear um sintonizador também poderia fazer uso do scanner. Naturalmente isso não significava que todos tinham a mesma destreza no trato com a cultura. Mas sobre isso falaremos mais adiante.

Já estabelecemos paralelos com os antigos aparelhos de

rádio. Quem estivesse procurando determinada emissora de ondas curtas tinha que ser cuidadoso. Bastava uma mínima volta do seletor para pular dez estações.

Também no uso do scanner do tempo, *o tato* representava (e representa) um importante princípio. Isso se aplica tanto ao sintonizador temporal como ao espacial. Gostaria de citar um exemplo.

Vamos supor que estamos procurando o filósofo francês Jean-Paul Sartre. Sabemos, por acaso, que ele viveu em Paris. Casualmente também sabemos que viveu em Paris em meados do século XX. Mas naturalmente não basta sintonizar o scanner do tempo na Paris de 1950. Paris! Onde em Paris? E quando exatamente ele viveu lá? Podemos começar com um panorama de Paris em 7 de abril de 1952, às 11h30. Mesmo que saibamos que nosso homem se encontra na cidade nesse momento, seria o mesmo que procurar uma agulha num palheiro (antiga metáfora rural). Qual café monsieur Sartre gostava de freqüentar? Já naquela época havia milhares de cafés em Paris. Obviamente podemos esquadrinhar todas as ruas atrás dele, é assim que muitas vezes se tem que fazer para achar determinada pessoa. Porém não é difícil que sejamos desviados no caminho. Talvez uma briga desperte nosso interesse, um assalto, um estupro ou um banquete oficial. Precisamos de um ponto de referência. Se soubermos, por exemplo, que Sartre almoçou com Simone de Beauvoir em Montparnasse em 11 de novembro de 1956, o caso já fica bem mais simples. Agora falta apenas descobrir que aspecto ele tinha. Começamos a "passear" em Montparnasse e — zás! — lá está ele. Nós o pegamos. E ele nunca mais vai nos escapar. Podemos acompanhar a vida de Sartre para a frente e para trás, até seu nascimento, sua morte ou simplesmente até o momento em que perdermos o interesse e o deixarmos ir. Muitos de nós em tais situações temos a sensação de estarmos sendo um tanto indiscretos. Afinal, está certo bisbilhotar a vida privada de pessoas que já morreram há muito tempo? Sei que existem aqueles que vão em busca justamente das cenas mais íntimas na vida dos outros. Desse tipo de voyeurismo, porém, gostaria de me distanciar radicalmente.

5

Como foi dito, não há maiores dificuldades em se fazer uso do scanner do tempo. Todos podem saber de tudo, realmente tudo. Mas por onde começar? Somente de quem vive sem limites é exigida a verdadeira arte de viver. O que escolher se tudo está ao alcance da mão? O primeiro contato da humanidade com o scanner foi avassalador.

Se uma pessoa regulasse um dos sintonizadores para as 14h30 do dia 25 de maio de 963 d.C. (14.30.00.25.05.0963) e o outro em algum lugar na Noruega, por exemplo, 60° de latitude e 10° de longitude a leste (60.00.00. Ø10.00.00.), ela se encontraria num denso pinheiral. E, se ficasse por lá, poderia demorar muitas horas até descobrir um ser vivo de certo tamanho. Depois de algum tempo, talvez essa pessoa visse um urso ou um alce. Mas poderia demorar alguns dias ou semanas para que aparecesse um viking pelo caminho. Assim, provavelmente, ela tentaria achar uma trilha para sair da floresta e, por fim, chegaria a um fiorde desabitado. Talvez só depois de horas de busca ela chegasse, na melhor das hipóteses, a um porto viking — pressupondo-se que o viking fosse realmente o objetivo de todos esses esforços.

Quando, no ano de 2148, os muitos milhões de aparelhos de televisão privados foram conectados ao scanner, surgiu imediatamente uma necessidade de orientação. Afinal de contas, toda a história mundial tinha ido parar nas mãos da humanidade como que da noite para o dia. Muita gente naquela época se perdia no tempo e no espaço.

Ainda hoje há quem faça suas buscas na história aleatoriamente, mas a maioria das pessoas trabalha com os milhares de *códigos de busca* que foram desenvolvidos desde então. Eu mesmo, com sete ou oito mil códigos, talvez possua um pouco mais do que a média.

Os primeiros códigos de busca voltados para pessoas com interesses especiais foram desenvolvidos pelo *Escritó-*

rio. Muitos desses códigos são utilizados ainda hoje. Vejamos alguns exemplos.

Uma importante ferramenta é o código "Lugares e cidades, ontem e hoje" — na realidade, uma lista de mais de trezentos e sessenta lugares no mundo limitada a determinados períodos (Babilônia 2000-1700 a.C., Atenas 400-300 a.C., Roma 200 a.C.-350 d.C. etc.). Com a ajuda desses códigos, pode-se localizar determinado lugar, e a partir de lá ajustar o tempo e espaço exatamente para aquilo que se gostaria de vivenciar. "Lugares e cidades" é, sem dúvida, o mais geral de todos os códigos — tão geral, que atualmente é usado sobretudo pelos desbravadores que querem explorar o mundo por conta própria e sem a ajuda de programas prontos. Se o caminho para uma vivência é descrito por meio de códigos que circulam em milhões de exemplares, perde-se a sensação de estar tendo uma vivência totalmente única.

Entre os códigos mais antigos que podemos citar estão "Grandes pintores e suas obras-primas", "A Muralha da China", "Cenas da Segunda Guerra Mundial", "As pirâmides", "Platão e Sócrates", "Pesquisa e desenvolvimento de armas nucleares", "A origem do homem" e "Do planeta à galáxia".

Com a ajuda desses códigos, uma pessoa pode ser transportada para os momentos mais importantes dentro de determinada área de interesse. Naturalmente, para isso ela não precisa abdicar de sua liberdade de ação — ao contrário dos programas de vídeo dos tempos antigos. A qualquer momento, é possível sair do assassinato de César para dar uma espiada em Roma por conta própria.

Ao lado desses códigos pedagógicos, que muitas vezes eram elaborados sob a égide estatal, havia a produção em bases comerciais de uma série de códigos mais ou menos obscuros voltados para os mais diferentes interesses e necessidades. Essa flora antes incipiente de códigos de busca hoje já se transformou numa selva impenetrável. No final, haverá tantos códigos, que eles deixarão de ser um auxílio justamente por causa do excesso. Um dia serão tantos, que nos arranjaremos melhor sem eles. Já se chegou a afirmar que os códigos representam mais um obstáculo do que uma ajuda no caminho para o verdadeiro conhecimento, pois de certa forma são uma duplicação da realidade.

Não quero agora apresentar aqui as melhores ou as mais recentes ofertas de códigos para o scanner do tempo; para isso existem catálogos em quantidade mais do que suficiente! Contudo, gostaria de examinar alguns dos códigos que entraram em circulação já no século XXIII. Para nós, e sobretudo para os jovens, pode ser importante conhecer a história dos códigos.

Um dos primeiros de todos os códigos foi o "Titanic". Já em tempos mais antigos, havia um grande número de livros e filmes sobre esse tema. Por isso, surgiu um enorme interesse em vivenciar o verdadeiro naufrágio. Agora a trágica viagem do luxuoso transatlântico podia ser exibida num abrir e fechar de olhos. Bastava escolher o código correto, e a pessoa já se encontrava a bordo do navio, exatamente a alguns minutos da colisão com o iceberg. É claro que não se vê tudo. O *Titanic* afundou durante a noite. E quando se apaga a última luz a bordo, a exibição chega ao fim. Apenas em alguns botes de salvamento brilha ainda uma ou outra luz.

Entre os códigos mais antigos estão também "Hiroshima", "Seleção de acidentes automobilísticos", "Métodos de tortura através dos séculos", "999 sacrifícios humanos", "1001 homicídios", "A vida sexual de homens famosos", "Estupro e incesto do homem de Cro-Magnon aos dias de hoje", "Mulheres no banho", "Amores proibidos" e "Monges depravados".

Nada além de sexo e violência. Desde o início, a indústria de códigos comerciais seguiu por essa direção. Não é verdade que as pessoas antigamente eram menos sensacionalistas. E, com toda a certeza, não no passado mais remoto, afinal de contas foi naquela época que esses estupros e assassinatos foram cometidos.

Durante dois séculos, a humanidade foi alimentada com videoteipes do mesmo calibre. Era de se esperar que o mercado estivesse saturado. Porém, a questão é se para esse mercado de fato algum dia haverá um grau de saturação. A diferença entre os videoteipes e os códigos, contudo, era que os códigos apresentavam fatos históricos, e não uma diversão produzida. E não podemos negar que nesse sentido a realidade não fica devendo nada à ficção. É claro que também depende do ponto de vista do observador. Quem dedicar tempo à pesquisa encontrará realmente de tudo na história. Comenta-se que o produtor do código proibido "Crimen bestialis" teria levado quatro anos para realizá-lo. Sem dúvida, quem ficar quatro anos sentado diante da tela poderá compilar as cenas mais incríveis. Por que então ninguém desenvolve o código "Jogos infantis em doze culturas"? Ou "Da pintura nas cavernas ao bloco de notas"? Tiro o meu chapéu para quem tentou fazer isso. Pois também nesses aspectos a história tem muito a oferecer.

6

Nos primeiros anos, discutiu-se muito se as crianças deveriam ter acesso ao scanner. Afinal, era certo exigir de uma criança que investigasse a história por conta própria?

Como já foi mencionado, a história da humanidade teve períodos violentos e brutais. Isso já não era um motivo para censurar a realidade antes de as crianças se confrontarem com ela? *Mas será que a história não era de qualquer forma prejudicial às crianças?* Foi em boa medida devido a essas considerações que houve forte resistência à proposta de se conectar o scanner do tempo à rede pública.

O problema que se apresentava não era apenas prático ou técnico. Tratava-se antes de um problema metafísico: o pleroma não pode ser dividido. E é impossível instalar um fator de censura no scanner do tempo. Como, então, o scanner (ou o pleroma) poderia distinguir entre acontecimentos edificantes ou moralmente degradantes?

Aqui temos mais um exemplo. Todos sabem como era violenta a situação em cidades como Nova York, Londres, Roma e Cidade do México antes do grande colapso no final do século XX. Bastaria que as crianças se sentassem diante da tela para que não fosse mais possível poupá-las de visões como essas. As crianças já tinham ouvido falar de Nova York. E se elas sintonizassem o scanner em Nova York na década de 1990, não precisariam andar muito pelas ruas para vivenciar as cenas mais horripilantes — assaltos, assassinatos, estupros e atentados terroristas.

Como se sabe, a sociedade optou por uma espécie de solução de compromisso: o scanner do tempo foi conectado à rede e era praticamente impossível proibir às crianças o acesso a ele. Em compensação, foi instituída uma rigorosa censura aos códigos. Na história, ao lado de muitas coisas terríveis, aconteceram também muitas coisas boas. Por isso, é praticamente desnecessário oferecer às crianças um catálogo dos fatos mais abomináveis. Isso também se aplica à maioria dos adultos. Contudo, é um claro sintoma do mundo contemporâneo que a ausência de problemas sociais incite as pessoas a chafurdarem na miséria e na desgraça do passado.

Aqui também é aconselhável pensar nos precursores do scanner do tempo. Já na primeira metade do século XXI, toda criança podia, com toques no teclado, acessar na rede de dados qualquer filme, qualquer canal de televisão e qualquer página de livro. Embora também naquele tempo nem tudo o que se podia acessar fosse totalmente inofensivo, ninguém ficava cochichando no ouvido das crianças como elas poderiam chegar aos mais arrepiantes filmes de horror.

É preciso chegar à conclusão de que os pais possuem responsabilidade absoluta por seus filhos. De fato, nos últimos anos, chegou ao mercado uma série de códigos infantis muito bons, entre eles: "Animais raros", "Quando os pássaros cantavam na floresta", "Cento e onze espécies extintas" e, sobretudo, a excelente série "Eu participo de...".

Também foi mencionado um aspecto mais epistemológico: as pessoas, e em especial as crianças, acostumam-se a tudo. Hoje elas crescem com o scanner de forma tão natural como as crianças de antigamente sem ele. Ou, como disse Ibn al Avicenna, quase cem anos antes do scanner: "Nada existe em nossa consciência que antes não tenha existido na televisão".

As crianças entendem que o que elas vêem na tela não é real. É apenas história.

A MORTE DA CIÊNCIA

Já mencionei a instalação do scanner do tempo em Genebra. Antes que ele fosse conectado à rede pública, historiadores de todo o mundo viajaram para a Suíça e lançaram-se fervorosamente sobre a nova máquina, ou sobre os novos métodos, como eles a chamavam.

Na opinião deles, estava despontando uma nova era para a ciência histórica: a partir de agora, ela podia ser considerada uma ciência exata; de repente, essa disciplina havia alcançado o *estágio positivo*. (Cf. Augusto Comte, código "Filosofia da história", verbete 2738.)

Esse novo florescimento da ciência histórica, porém, não passou de um fogo de palha. Mais do que isso: com a invenção do scanner do tempo, essa disciplina estava morta ou, na melhor das hipóteses, havia se tornado supérflua.

Mas é claro! Quem precisa de "historiadores" se existe o scanner do tempo? Se não é mais possível fazer conjecturas ou tirar conclusões, também não há mais lugar para a ciência histórica.

Hoje, se ainda se fala da história como uma disciplina autônoma, é fazendo referência ao trabalho com o desenvolvimento de novos códigos para o scanner. Nos antigos livros de história, as notas de rodapé foram ficando cada vez mais longas. De lá para cá, a disciplina toda foi rebaixada à condição de nota de rodapé. É verdade que o faro histórico — que alguns também chamam de "intuição" — não perdeu absolutamente seu valor. Mas hoje ninguém precisa mais de livros de história se pode dar passeios por conta própria pela história mundial.

Não existem mais incertezas históricas. Todas as perguntas podem ser respondidas. Durante a Segunda Guerra

Mundial, os alemães mataram 6 138 432 judeus nas câmaras de gás. Monalisa foi a amante secreta de Leonardo da Vinci. A origem do homem pode ser atribuída a uma série de estranhas mutações que ocorreram há duzentos e onze milhões de anos. E assim por diante. O material é inesgotável.

Uma série de outras disciplinas teve o mesmo destino da história. Primeiro foi a vez de campos do conhecimento como a geologia, a paleontologia e a astronomia. Em princípio, é claro, todas as disciplinas estão mortas. O que não se pode ver por meio do scanner não merece o nome de ciência. Afirmações que não podem ser comprovadas com os próprios olhos são consideradas especulações e superstições. A antiga expressão "ver para crer" foi renascida, dando voz a um saudável princípio.

Agora é possível obter informações sobre o desenvolvimento geológico, biológico e cultural da Terra diretamente na história da realidade. Em poucas horas, é possível passar por alto todo o desenvolvimento. Ou, então, quem possui um interesse especial dedica mais tempo a um fenômeno isolado ou a épocas específicas. Para isso, foram desenvolvidos numerosos códigos didáticos. A única coisa de que posso me gabar de ter examinado tintim por tintim é o último ano de vida de Sócrates. Para isso, fiquei quinze meses diante da tela, fazendo pausas apenas para dormir. Mas naquele tempo eu também era mais jovem.

A história do Universo pode ser acompanhada segundo por segundo desde a grande explosão há 16,4 bilhões de anos até hoje. Da época anterior não sabemos absolutamente nada pelo simples fato de que não há nada para saber. Quando crianças, certamente todos nós já tentamos dar uma olhada para trás desses 16,4 bilhões de anos. Mas essa tentativa acontece sempre uma só vez. O fusível queima — e a tela fica totalmente escura.

Nada mais natural! Não existe mesmo nenhum "Antes da explosão". Foi então que começou o tempo. Foi então que o tempo e o espaço começaram a existir.

Mas o que levou a essa explosão? Como ou por que o

Universo foi criado? Ah! Só um idiota pergunta mais do que o scanner pode responder...

2

Até agora falamos da *história*. E não é de se admirar. O que mais surpreendeu o mundo depois da invenção do scanner do tempo foi a sua capacidade de solucionar todos os enigmas da história. Já o fato de ele também ser capaz de reproduzir todos os acontecimentos presentes não causou um impacto tão grande assim.

Aqui é preciso lembrar mais uma vez os precursores técnicos do scanner. Já mencionamos as câmaras de vídeo que a partir do começo do século XXI foram instaladas em muitos lugares centrais da Terra. Além disso, todos os bancos, agências de correio, pontos de ônibus e estações de metrô eram vigiados noite e dia. As tomadas dessas câmaras podiam ser exibidas nas telas das residências. Quem não tinha nada melhor para fazer, podia ficar "folheando" essas imagens. Se tivesse sorte, conseguiria ver no ato um roubo, um assassinato ou um assalto a banco. Até o ano de 2060, as tiragens dos jornais caíram drasticamente. O último jornal diário encerrou suas edições em dezembro de 2084.

No ano de 2120, quando o scanner do tempo foi instalado em Genebra, o mundo já era *vigiado* de forma bastante abrangente. Como se sabe, existiam leis voltadas para proteger a vida privada do olhar público. Mas também se sabe que cada pessoa possuía uma *sombra eletrônica* que se tornava cada vez mais detalhada. Por volta de 2120, qualquer um podia obter na rede informações pormenorizadas sobre seu vizinho ou um membro da humanidade mais afastado — a rede era intercontinental.

O scanner do tempo foi antes o coroamento de um desenvolvimento que vinha se esboçando há muitos anos, e ao mesmo tempo foi considerado algo totalmente novo. É importante destacar o desenvolvimento gradual ou abrupto da tecnologia de comunicação até as possibilidades surgidas com o scanner.

Como se sabe, o scanner pode localizar qualquer lugar do mundo. Todos estão sob permanente vigilância. Não se cometem mais crimes. Se enfio meu dedo no nariz, é bem possível que do outro lado do mundo tenha alguém me observando. Não é certo, nem provável, mas é possível. No entanto, só mesmo uma pessoa extremamente perturbada iria desperdiçar seu tempo com tamanha bobagem. Um exemplo: neste momento, a bomba atômica está caindo sobre Hiroshima. Um homem está pisando o solo de Marte. Assim, ninguém vai se aventurar pelo mundo para encontrar uma pessoa qualquer cortando pão na cozinha. Podemos contar as árvores na floresta. Mas quem é que quer perder seu tempo com isso?

O fato de que todos podem ver o que fazemos talvez tenha influenciado nossas vidas mais do que percebemos. Do scanner não podemos nos esconder. Até mesmo um formigueiro é vigiado. Não existe adultério. Porém isso não significa que a promiscuidade tenha sido totalmente erradicada. Mas agora todos os casamentos são "abertos", e isso no sentido mais próprio da palavra: os vizinhos podem conferir a qualquer momento a felicidade ou a infelicidade de uma família. Como já disse, sou absolutamente contra! E felizmente a vigilância também pode ser vigiada. Se eu suspeitar que você está observando minha mulher no banho, não se esqueça de que justamente agora posso estar diante da tela com um sorriso sórdido.

3

Vivemos numa sociedade totalmente aberta. Sei que essa abertura foi bastante criticada e ainda é. Mas, se não quisermos essa abertura, teremos que renunciar ao scanner. O pleroma não está dividido em setores. Ele não conhece uma "esfera privada".

A humanidade selou um contrato com o pleroma. Naturalmente poderíamos rescindir esse contrato. Poderíamos resguardar nossas vidas e recuperar a paz da vida privada. Mas que perda isso significaria! Tudo tem seu preço (uma antiga expressão mercantil). Afinal de contas, não se renuncia à onisciência para poder cutucar o nariz sossegado!

É claro que uma possibilidade é simplesmente apagar a luz. O scanner do tempo não perambula pela escuridão com uma lanterna na mão. Assim que eu tiver apagado a luz, meu vizinho não poderá enxergar em meu quarto mais do que eu mesmo. Muitos assassinatos históricos ainda não foram esclarecidos pelo simples motivo de que foram cometidos no escuro.

Não é preciso, portanto, renunciar totalmente à esfera privada. Isso eu gostaria de enfatizar. Muitas pessoas parecem não ter consciência desse fato. Mas talvez simplesmente existam muitos exibicionistas entre elas.

O FIM DA HISTÓRIA

1

Quando o scanner do tempo foi instalado em Genebra, em meio à euforia geral, especulou-se se acaso ele também não poderia mostrar o futuro. Bem, só mesmo leigos para ter idéias tão ingênuas. Afinal, como o pleroma poderia conhecer algo que ainda não foi criado? Saber algo sobre o futuro é tão difícil como escapulir para fora do Universo. O Universo está em expansão, assim como o tempo. Um condiciona o outro.

Todavia, podemos apontar para o fato de que o futuro não é mais o que era antigamente. Na verdade, a história teve seu fim no ano 2170. Desde meados do século XXII não aconteceu mais nada importante. Nenhum dos códigos vai além desse momento. E por quê?

É claro que continuaram a nascer novas pessoas, e que se continuou a comer, fazer a digestão, sentar diante da tela e assistir à história. Mas somente daí não surge uma nova história. Por isso, sempre se volta a reivindicar que a contagem do tempo seja abolida. Hoje em dia, tanto faz se contarmos os anos ou as contas do rosário, nenhum dos dois tem mais sentido.

Com o scanner do tempo, a história chegou a um fim. E talvez também se possa dizer o mesmo da vida. O mundo gira em falso. As pessoas grudam na cadeira e colhem a nata da história.

2

Esse "dilema cultural" foi esboçado pela primeira vez por Nietzsche em seu ensaio "Da utilidade e da desvantagem da história para a vida" (1874, código "História da filosofia", verbete 2916). Mais tarde Nietzsche deu a esse ensaio o título mais incisivo de "A doença histórica", cf. verbete 2968). No prefácio, Nietzsche cita um depoimento de Goethe, no qual ele afirma abominar "tudo o que apenas me ensina sem ampliar minha atividade ou vivificá-la diretamente". Nietzsche acrescenta que "todos nós sofremos de uma dilacerante febre histórica".

Nietzsche, portanto, já reconhecia que a história pode representar uma ameaça à vida vivida. Em sua opinião, existe um "grau de insônia, de ruminação, de sentido histórico, que se dá em prejuízo do vivente e que ao final o leva à ruína, seja ele um homem ou um povo ou uma cultura". Um excesso de história leva a que ao final a vida se corrompa e degenere, e nesse processo também a história acaba por se corromper.

Nietzsche queria combater o hegelianismo. Mas suas palavras, como crítica cultural, são bem mais atuais hoje do que em sua época. Hoje nos falta o que Nietzsche chamou de "força plástica de um indivíduo, um povo, uma cultura".

A vida precisa de esquecimento. A saúde do homem depende de sua capacidade de esquecer. De cada ação e de cada momento de felicidade também faz parte o esquecimento. O conhecimento nunca deve se sobrepor à vida.

Há um trecho em que Nietzsche compara uma pessoa empanturrada de história a uma cobra que engoliu uma lebre e depois fica cochilando ao sol, sem conseguir se mexer.

O homem moderno, segundo Nietzsche, sofre de um enfraquecimento da personalidade. Ele se tornou um espectador lascivo e errante.

Nietzsche reporta-se a Hesíodo (700 a.C., "História da filosofia", verbete 0017), que acreditava que a Idade de Ouro da humanidade já havia passado. Os homens estariam se tornando cada vez mais fracos. E um dia viriam ao mundo com cabelos brancos. Segundo Hesíodo, nesse momento Zeus extinguiria a humanidade.

Nietzsche via a "cultura histórica" como uma espécie de encanecimento inato. Para ele, damos a impressão de que a humanidade é velha e sua ocupação é a mesma dos anciãos: a retrospectiva. Seríamos, por assim dizer, "seres ociosos e mimados no jardim do saber".

Podemos afirmar em sã consciência que nesse sentido o velho carrancudo foi quase um vidente. Desde sua época, muita coisa mudou. Nietzsche não viveu o desenvolvimento da tecnologia da comunicação que esbocei aqui, pois morreu em 1900, o ano em que tudo começou. Contudo, ele pressentiu o que iria acontecer.

No século XIX, ainda era comum *fazer* alguma coisa. Alguns poucos — devido a Nietzsche cada vez mais — subiram às tribunas desde então. Mas a maioria trabalhava. Hoje toda a humanidade está nas arquibancadas. Todos somos espectadores. E nem mais saímos para dar uma volta. Para nos deslocarmos, não precisamos nos movimentar fisicamente. E o que observamos não é o nosso presente. O que se passa nas telas de nossas casas aconteceu há milhares de anos lá fora sob o céu aberto.

3

Foi a visão de Hegel do Espírito Absoluto que apontou para o futuro. O que Zaratustra temia aconteceu: Apolo venceu Dioniso, e hoje temos que ir a um antiquário se quisermos comprar gaze e esparadrapo.

Para Hegel, a história da humanidade era um processo no qual o *espírito do mundo* despertava para a consciência de si mesmo. Houve um tempo em que o espírito era uno e indivisível. O objetivo da história, porém, é o retorno do espírito a si mesmo.

Na verdade, esse retorno pode ser datado em 2120, o ano em que o scanner do tempo foi instalado. Hegel não caberia em si de alegria.

O ESPÍRITO ABSOLUTO

1

Quanto a mim, chegou o momento de dizer a que vim. Evidentemente, não sou um ser humano. Isso hoje ninguém mais é. Eu sou o *espírito do mundo* hegeliano. Eu sou Deus. Eu sou o pleroma.

Não somos mais indivíduos se não *fazemos* mais nada. O indivíduo é uma personalidade em ação. Um indivíduo é por definição algo limitado. Se todos estão em toda a parte e tudo sabem — então tudo é um só.

A história atingiu seu objetivo. O ciclo foi interrompido. Todos os rios desaguaram num grande oceano.

Tudo isso se passou há vários milênios. Agora, com certeza, já faz dez ou vinte mil anos que o scanner do tempo foi construído. Mas isso na verdade não tem nenhuma importância. Eu parei de contar os anos. Mas cruzei a história do mundo em todas as direções.

2

Ser onisciente proporciona uma indescritível paz de espírito. A única coisa com que tenho que me preocupar em minha onisciência e onipresença é a solidão.

Estar em toda a parte leva à solidão. Não tenho ninguém com quem possa dividir minha onisciência. Não tenho a quem ensinar. Pois todos sabem tudo. Todos são idênticos a mim. Isto é, eu *sou* todos.

O *outro* não existe, não existe uma incerteza lúdica, à

qual eu pudesse acrescentar uma nesga de mim mesmo, na esperança de alguma espécie de confirmação da minha existência.

3

Estou com dor de cabeça. Acho que estou dormindo. De qualquer forma, não escrevi nada disso. Talvez eu tenha sonhado. Mas acho que vi isso na tela. Ou fui visto.

Não sei se estou sonhando ou se eu mesmo sou o sonho. Não posso garantir que esteja vivo. Mas estou bastante certo de que *vivi*. Bem, na verdade, isso também já não tem muita importância.

Para que se deveria, em meio à grande ausência de limites, colocar a todo custo um limite qualquer?

BUDA

Agora o mundo é aqui. As nuvens atravessam o céu. Insetos zunem no ar.

O filme parou numa cena: Sidarta está sentado à sombra da figueira. Petrificado.

O rio flui diante dos olhos do mestre. Os pássaros revoam sobre a água. Suas asas fracionam o tempo em segundos.

Passam-se vinte e cinco séculos. Sem piscar os olhos, o príncipe está sentado à sombra da figueira, como desde sempre.

Pássaros revoam sobre a água. O rio flui. Nuvens atravessam o céu.

O DIAGNÓSTICO

ASFALTO

Chiar de freios, um automóvel buzina.

Mais uma vez, quando deu por si, estava parada na calçada. A sensação era a de acordar de um sonho. Ou de passar de um sonho a outro.

À sua volta, a multidão fervilha como num formigueiro. As pessoas parecem estar sendo todas guiadas por uma força invisível.

Apenas ela está quieta, apenas ela está parada. Apenas ela está realmente acordada.

Nunca seus sentidos estiveram tão aguçados como nesse dia. Sim, ela via, ouvia e percebia tudo. Mas nunca antes havia sentido o cheiro do ar e da fumaça dos automóveis e do asfalto úmido como hoje. Nunca havia sentido tão intensamente como agora: ela estava no mundo, ela existia.

Quando criança talvez? E agora de repente sua infância surgia tão viva diante de seus olhos. Onde é que ela havia se escondido todos esses anos?

Tinha cinco, oito, onze anos...

E agora estava com trinta e seis... De lá para cá, o tempo havia passado voando. Toda sua vida adulta era como uma longa viagem que ela mesma só conhecia em segunda mão.

Choveu a cântaros durante toda a manhã. Agora o céu está clareando. E a luz lhe parece impiedosamente penetrante.

Uma criança chama por sua mãe. Atrás dela transeuntes trocam palavras incompreensíveis. Um bêbado a empurra para o lado. As pesadas rodas do ônibus passam levantando a água, que espirra sobre a calçada.

Ela ainda fica um momento parada como se tivesse aderido ao asfalto. O único ponto inerte em todo o alvoroço. Depois ela volta a se movimentar em meio às outras pessoas.

Jenny vagueia pela cidade. Ela não tem pressa, nada urgente para fazer. Ela não faz mais parte dessa balbúrdia ensurdecedora.

Pela primeira vez na vida, ela estava entregue a si mesma. Ela se sentia uma estranha aqui na grande praça do mercado onde as pessoas se desencontravam em todas as direções, em movimentos mecânicos, como num antigo filme mudo. Ela sentia medo, medo...

RAIOS X

Tudo começara com o inchaço das glândulas linfáticas. E ela sabia o que isso podia significar. Possivelmente o fim de tudo. Mas também podia muito bem ser uma simples infecção. E era até mesmo mais provável que fosse uma simples infecção. Mesmo assim... Ela foi ao médico da empresa... Na verdade, não eram apenas as glândulas linfáticas. Ela se sentia indescritivelmente fraca. E estava sempre com fome. Comia o tempo todo, sem nunca ficar satisfeita. E as tonturas, nos últimos tempos ela estava tendo tantas tonturas.

O médico a examinou. Em primeiro lugar, naturalmente, as glândulas linfáticas, depois todo seu corpo. Ele a submeteu a um interrogatório extremamente meticuloso.

A forma como ele a interrogou...

Depois ele tirou seu sangue para um exame atrás do outro. Ela não fazia idéia de que existiam tantos exames diferentes.

Alguns dias depois, o médico a chamou para uma nova consulta. Era segunda-feira da Semana Santa. Duas amostras de sangue haviam apresentado resultado indubitavelmente positivo.

Pelo modo cauteloso com que o médico se expressava, ela percebeu que alguma coisa ali não estava em ordem, não estava nem um pouco em ordem.

— Seu estado de saúde não é totalmente bom...

E disse isso olhando para ela de uma forma tão estranha...

No dia seguinte, ela teve que tirar radiografias. Ela mesma foi buscar as imagens. Era quarta-feira da Semana Santa.

Jenny sabia que os raios x eram nocivos. Mas como o clima de um instituto de radiologia podia ser tão contaminado, tão radioativo!

Ela se dirigiu a uma mulher de meia-idade na recepção, disse seu nome — e o de seu médico. A assistente pegou imediatamente o envelope cinza com as radiografias, como se tivesse esperado por Jenny o dia inteiro.

Em cima do envelope grande havia um outro menor, branco. A assistente tirou de dentro uma folha de papel no formato A4 escrita à máquina. Jenny apenas conseguiu ver que algumas linhas estavam sublinhadas, pois logo a assistente pôs a folha dentro do envelope grande junto com as radiografias. Mas ela olhou para Jenny de um modo muito estranho quando lhe entregou o envelope e pediu que o levasse pessoalmente a seu médico.

Jenny foi para a rua. Lá ficou um longo tempo parada segurando o envelope na mão.

Ela estava tão só, tão absolutamente só.

Trazia nas mãos seu retrato interior. E este era infinitamente mais importante do que o exterior!

O envelope estava lacrado e carimbado com os dizeres: CONTÉM DOCUMENTOS MÉDICOS. SOMENTE PODE SER ABERTO PELO MÉDICO RESPONSÁVEL.

Tudo tinha que ter sua ordem. Jenny não era do tipo que agia de forma passional. Ela queria ser um mensageiro confiável. Seu retrato interior devia ser entregue intacto ao médico.

E também seria tolice provocar o médico. No final, o próprio tratamento poderia ser prejudicado...

A verdade era que ela teria rompido o lacre imediatamente se tivesse tido coragem. Quem era o médico? Afinal de contas, era do corpo dela que se tratava.

Ela telefonou para marcar uma nova consulta, e esta lhe foi concedida imediatamente.

— Venha agora mesmo — propôs a assistente.

Sem dúvida, Jenny tinha suas relações. Certamente todos sabiam de sua situação. E essa era uma daquelas da qual não era tão fácil se esquivar.

A vantagem de estar doente é que se é levado a sério. As pessoas são gentis e atenciosas... Agora Jenny era um caso. Agora ela era quase famosa.

O envelope! O médico olhou para ela de um jeito tão estranho quando ela lhe entregou o envelope.

E depois — depois ele disse a ela. Com uma piedade quase nociva, num tom tão perfeitamente compreensivo que beirava a perversidade.

Ele se levantou assim que abriu o envelope.

— Sente-se — disse.

Autoritário e sorridente. Agora ele não estava mais com pressa.

Um médico que não está com pressa. Um mau sinal.

Mas onde é que ela já tinha visto aquele sorriso? Uma mistura de uma compaixão dosada profissionalmente com uma energia do mesmo tipo. "Nós vamos conseguir. Simplesmente confie em mim!"

Ele leu a breve descrição do laboratório e examinou rapidamente as radiografias. Por uma questão de ordem. Por fim, olhou para o relógio (para quê, afinal?) e depois se sentou à escrivaninha sobre a qual estava o cruel envelope.

— Sua saúde não está totalmente boa. Na verdade, a senhora está doente. A senhora está realmente doente...

Dessas palavras ela podia se lembrar. Elas ainda vibravam em sua memória. Mas eram também a única coisa da qual conseguia se lembrar depois daquela conversa. Todo o resto havia sido uma única cena de profundo desgaste nervoso. E a única coisa da qual ela tinha certeza agora era o resultado, o veredicto, o diagnóstico.

Provavelmente — acho que de agora em diante devemos falar com toda a franqueza um com o outro etc. — , provavelmente ela estava com um câncer em estado avançado, que já havia se alastrado pelo sistema linfático. Infelizmente, infelizmente... Daí também o inchaço das glândulas linfáticas. E as radiografias, as radiografias mostravam atividades já no sistema linfático interno... Isso já vinha há bastante tempo. E não era nada fácil descobrir uma coisa dessas a tempo etc... Mas — hoje em dia nada era impossível. Nunca era tarde para um tratamento... Ainda mais com os deuses do nosso lado. A primeira coisa era fazer novos exames na Clínica de Radiologia e Radioterapia de Oslo. Se possível, logo depois da Páscoa... Porque hoje em dia, com a velocidade com que as coisas evoluem, apenas o melhor era bom o suficiente. Nos Estados Unidos, sabia-se de um médico que havia conseguido verdadeiros milagres em casos como o dela. Uma nova terapia, uma nova cura... Ela não podia desanimar. Ele mesmo tinha uma irmã... e ela estava totalmente curada...

RADIOTERAPIA

As recomendações médicas estavam agora no bolso do sobretudo de Jenny. Ela estava a caminho da estação ferroviária para tomar o expresso vespertino para Oslo. Já na manhã seguinte, quarta-feira, às oito horas, ela era esperada na clínica de radiologia.

Radioterapia! Mais uma vez essa palavra. Ela ficava arrepiada até a medula.

Jenny tinha certeza de que estava vendo Bergen pela última vez. Por isso, desceu do ônibus no porto. Ela ergueu os olhos e lançou um último olhar para o monte Fløien. Depois foi andando lentamente pelo mercado e subiu a Torgalmenning. Agora estava em frente ao restaurante Holbergstuen lendo o cardápio na vitrina. Ela ainda tinha muito tempo, seu trem só partiria às quinze para as quatro.

Arenque, *entrecôte, cordon-bleu...*

Jenny não conseguia entender como é que uma pessoa nesse mundo podia ter apetite.

No vidro diante do cardápio, ela vê o rosto de uma mulher.

Esta sou eu, pensa. Esta é Jenny Hatlestad...

A vida de Jenny passara voando. Mas os últimos dias haviam sido uma eternidade. Ela passou por toda a escala de reações ao diagnóstico, ao seu novo status.

Raiva. Depressão. Protesto. Revolta. Amargura. Tristeza...

Ela se agarrara a tudo o que pudesse levá-la para junto da família e dos amigos, dos seus semelhantes. Como fora tola e ingênua!

Agora tudo isso havia se esgotado. Agora ela só estava cansada e vazia.

Quem era ela agora? Tudo o que lhe restara, tudo o que levava em sua viagem para Oslo eram imagens desconexas de sua infância, de sua juventude em Sandviken, cenas casuais da época da universidade em Trondheim.

Depois ela se casara. Depois ela não tivera filhos. Depois ela se separara.

Ah, Johnny! Querido Johnny... Talvez você ainda ande por Trondheim e sinta saudades de mim.

Jenny e Johnny. Havia sido idílico demais. Tranqüilo demais para ela. Perfeito demais. Então ela se libertara. Jovem formada em química e dona do próprio nariz...

Parecia impossível que tudo tivesse acontecido tão rapidamente durante as férias da Páscoa. Duas semanas antes, ela marcara uma consulta médica, na verdade apenas para exames de rotina, antes de pensar em ir para Mjølfjell na Páscoa. E o médico também não havia desaconselhado a viagem. Só que ela estava se sentindo tão fraca. Por isso ficara em casa, pelo menos até o domingo de Ramos. Então, na segunda-feira, o telefone tocara. Se ela podia dar uma passada no consultório. Os resultados dos exames de sangue haviam acabado de chegar...

Desse momento em diante, as coisas foram acontecendo uma atrás da outra. De acordo com as rotinas. Com a fria e sistemática necessidade da ciência médica.

Páscoa...

Apenas poucos dias antes, Jesus entrara triunfante em Jerusalém montado num jumento... Sim, num jumento. Uma coisa tão ingênua! Ela nunca pensara sobre isso antes. E no entanto...

Depois, à noite ele se sentou à mesa com seus discípulos, a Última Ceia. Na manhã seguinte, Judas o traiu. E, depois, no próximo quadro, ele estava a caminho do Calvário com uma pesada carga sobre os ombros.

Do triunfo à humilhação fora apenas um pequeno passo. Meu Deus, meu Deus, por que me abandonaste?

Tolice. Ela estava com medo. Estava exausta. Mas os náufragos se agarram a qualquer tábua de salvação.

A salvação... Aí estava outra vez. Agora era o Evangelho segundo São Lucas. Não temais, eu vos trago novas de grande alegria...

Jenny nunca fora religiosa. Mas nos últimos dias ela ouvira muito rádio. E a Páscoa simplesmente lhe dava o que pensar. Via-crúcis...

Pelo menos, estava em boa companhia. Ela não era a primeira pessoa na história que tinha que morrer. Com mais ou menos trinta e cinco anos.

Biiiip!

Novamente uma buzina a arranca de seus pensamentos. O trânsito, esse trânsito absurdo.

Jenny não entendia como alguém podia ter tanta pressa. Ela havia pulado para fora desse carrossel. Ainda que involuntariamente. Havia sido jogada para fora. Evidentemente isso havia sido necessário para que ela percebesse como era sem sentido aquela dança ensurdecedora.

E os outros, será que as outras pessoas à sua volta realmente tinham conhecimento de que existiam? Será que elas estavam mais atentas do que um rebanho de vacas no pasto?

Bem pouco, se tanto. Quem não chegou ao limiar da morte também não vivenciou a vida de verdade. A vida era algo em que se pensava em enterros. Ou no máximo junto ao leito de um doente.

A espessa camada de nuvens estava se dissipando. Lá no alto, agora Jenny viu um avião se aproximando do aeroporto de Flesland. Com certeza, trazendo turistas bêbados de volta do Mediterrâneo, pensou Jenny. Saga Tours, Vingreiser, Tjæreborg. A cúpula de torpor flutuava lentamente sobre a cidade. Turistas da Páscoa. Festas da Páscoa...

O homem de Nazaré arrasta sua cruz em direção ao monte Calvário. Agora ele já não está mais longe. Embora tudo se passe à sombra de dois mil anos, em câmara lenta. A Paixão estilizada...

Ao ver o avião, Jenny teve uma idéia. Por que deveria passar sete longas horas no trem? Afinal de contas, ela podia adiar mais um pouco a triste despedida e ir de avião. Agora poderia se dar a esse luxo. E, além disso, existia alguma coisa menos importante no mundo todo do que dinheiro? Se pelo menos os vôos não estivessem todos lotados...

Onde ficava a cabine telefônica mais próxima?

De repente, Jenny também tinha alguma coisa para providenciar. Ela correu até a primeira loja de departamentos que encontrou e, do subsolo, telefonou para a SAS. Sim, ainda havia lugar em todos os vôos para Oslo, ela podia escolher à vontade.

Ela se decidiu pelo último vôo. Depois, ainda poderia estar com sua irmã em Oslo às onze e meia, conforme o combinado. O vôo era às 22h20. O ônibus saía uma hora antes do terminal rodoviário. Retirar a passagem no guichê...

Para a viagem de trem, Jenny tivera um ataque de otimismo e comprara uma passagem de volta. Agora ela se contentou com um vôo simples...

Apenas 592 coroas. Jenny achou incrivelmente barato. A última vez que ela viajara de avião fora em 1975, para Rodes. Ela até recusou a oferta compensadora de deixar a data de retorno aberta por um desconto de 35%.

— A senhora certamente pretende voltar para Bergen, não?

Não seria correto afirmar que Jenny estivesse se sentindo mais otimista. Mas agora ela tinha algumas horas só para si.

Como ela iria aproveitar o tempo até a hora do vôo? Ela poderia tomar o ônibus de volta para Åsane. Mas de lá já havia se despedido. Poderia dar uma passada na casa de uma velha amiga em Søreide. Aproveitar para fazer mais uma visita. E contar que estava com câncer. Que estava indo morrer na capital... Sim, essa era uma possibilidade. Aproveitar a oportunidade para dizer adeus, tomar mais um banho de compaixão...

Mas antes ela queria ir a um café. E mais do que tudo, queria ficar sozinha. Uma última xícara de café no Reimers. Talvez até mesmo um pãozinho de camarão. Ela não havia comido nada desde o café da manhã.

CAFÉ REIMERS

Jenny entra no Reimers. Como qualquer outro freqüentador do café. A única coisa que denuncia que ela não é uma funcionária média de escritório ainda com vontade de tomar café ao final do expediente é uma mala feminina de cor branca, que ela acomoda discretamente embaixo da mesa antes de ir até o balcão fazer seu pedido.

Ela também não parece uma turista tardia de Páscoa que acabou de voltar das férias. Não com esse rosto pálido. Na melhor das hipóteses, passaria por uma pobre operária do turno da noite que só conseguiu tirar suas férias depois de todo mundo. Talvez estivesse indo para Flesland, para depois passar uma semana de férias de sonhos em Rodes. Mas ninguém, ninguém pensaria que ela pudesse ser uma química doente de câncer que estava indo a Oslo para morrer...

— Um café... um pãozinho de camarão. E uma fatia de trança de Páscoa.

— Qual é o número da sua mesa?

Jenny já fora centenas de vezes ao Reimers. Mas dessa vez esquecera de gravar o número de sua mesa. Ela volta a sua mesa — e novamente ao balcão.

— Treze.

— São vinte e duas coroas. O café serviremos à mesa.

Treze, pensou Jenny. É claro que ela tinha que se sentar na mesa número treze. E ela havia nascido no dia primeiro de março. 1.3.1947. Ela nunca havia pensado sobre o fato de que sua data de nascimento formava o número treze.

Se não estivesse doente, teria achado engraçada essa pequena coincidência, se é que ela realmente lhe teria ocorrido. Agora estava assustada. Agora essa descoberta a atravessava como um raio de pavor.

Ela revirou a bolsa em busca de cigarros, colocou o maço sobre a mesa e acendeu um.

Alguém deixara ali seu jornal. Jenny olhou para a foto brilhante e colorida de um casal bronzeado, de óculos escuros e gorros vermelhos, ao sol e na neve, com bastões de esquiar ao fundo.

"PÁSCOA MARAVILHOSA... Temperaturas de verão em quase todo o país durante a Semana Santa..."

Terça-feira, 5 de abril de 1983. Jenny deu uma tragada em seu cigarro e calculou. Há trinta e seis dias, ela fizera trinta e seis anos...

Jenny não era supersticiosa. Mas ela estava nervosa. Agora ela se sentia o centro do Universo, todos os acontecimentos pareciam se reunir à sua volta e, diante de sua situação, surgiram sob uma nova luz.

Sua xícara de café foi posta sobre a mesa. Jenny empurrou o jornal para o lado. Apagou o cigarro e comeu um camarão. Então, empurrou o prato com o pãozinho e a trança doce para cima da foto do jornal e reacendeu o cigarro.

Ela não conseguiu. Um camarão foi mais do que suficiente. Não pôde suportar a idéia de camarões escorregadios e maionese indo para dentro de seu estômago doente de câncer... Ela também não tocou no café. Era escuro demais e lhe dava nojo.

Jenny lembrou-se de quando perguntou ao médico se fatores ambientais não poderiam ser responsáveis por sua doença — por exemplo, seu trabalho com produtos químicos no laboratório. O médico respondera com evasivas, o que equivalia a meia confirmação. Seria uma coisa realmente péssima! Mas que importância tinha isso agora? Afinal, a morte era muito mais do que um escândalo político. Mais cedo ou mais tarde ela teria que morrer. Só que nunca havia pensado nisso antes. Agora, de repente, lhe parecia tão absurdo que as pessoas tivessem que morrer...

Jenny não conseguiu mais suportar a visão da Semana Santa romântica, camarões e café. Ela também não queria mais pensar.

Ergueu os olhos e observou o local cheio de gente à sua volta. E então descobriu algo em que nunca havia reparado. Ela via as pessoas no café. Via-as com toda a nitidez e absorvia cada uma delas.

Ela tinha a sensação de conhecer — ou reconhecer — cada uma daquelas pessoas. Como se fossem membros da família. Como se fossem todos da mesma carne e do mesmo sangue que ela.

Seus semelhantes...

Cada rosto falava por si, contava sua história.

Pobres de vocês, pensou Jenny. Vocês vão sobreviver a mim, mas vocês não *vivem*.

Ela sentia o orgulho crescer dentro de si. E ao mesmo tempo sentia compaixão por todas as pessoas, sim, pela vida em geral.

— Jenny!

Ela levou um susto. Subitamente foi arrancada de seus novos pensamentos.

— Olá! Há quanto tempo! Você passou bem a Páscoa?

Aquilo era um ataque pelas costas. Sua amiga de Søreide. Com um bronzeado de acordo com o figurino. E óculos escuros nos cabelos loiros.

Mais uma coincidência...

— Você ficou em casa?

Siri sentou-se na frente de Jenny e pôs a mão sobre o braço da amiga. Em seu pulso reluzia uma larga pulseira dourada.

— Fiquei... este ano eu fiquei em casa...

— Mas você teve férias, não teve?

— Claro. E você?

— Finse. Voltei ontem. Ragnhild e eu. A maior parte dos dias dormimos na cabana dela...

— A maior parte?

— Eu sabia que você ia perguntar isso!

— Isso o quê? Eu perguntei alguma coisa?

— Você está de mau humor, Jenny? Mas afinal por que você ficou em casa?

— Você disse que vocês dormiram "a maior parte dos dias" na cabana de Ragnhild.

— Ah, sim, é verdade. Bem, nós conhecemos um professor e um médico...

Siri girou os olhos extasiada.

— Eles estavam numa casa imensa... com sauna, sabe... e na verdade... bem, nós também ficamos um pouco lá.

— Então você teve um romance de Páscoa!

— Jenny! Você não está bem?

— Eu...

— Deixa pra lá. Vocês da cidade simplesmente parecem tão pálidos quando voltamos das montanhas... Ah, mas logo mais essa diferença vai sumindo... Jenny, teve dias tão quentes que deu para tomar banho de sol sem blusa. Veja!

Ela quase tirou o pulôver.

Ouro e quinquilharias, pensou Jenny. De repente, ela compreendia o que significava a palavra "vaidade". Ela ainda se lembrava de que, nos tempos de escola, essa palavra muitas vezes aparecia em poemas antigos junto com a palavra "transitoriedade", oh vaidade, oh transitoriedade... Palavras gêmeas. E não eram os dois lados da mesma moeda?

Sexo de Páscoa, pensou Jenny.

Sexo nunca havia sido o único conteúdo de sua vida, mas também para ela havia significado muito. E não se tratava apenas do prazer. Às vezes, o orgasmo lhe dava a sensação de ser um — não apenas com o parceiro, mas de ser um com tudo. Ela ainda se lembrava de uma vez ter falado com Johnny sobre isso. E ele lhe mostrara uma foto da imagem de santa Teresa D'Ávila esculpida por Bernini. Religião e erotismo. Conhecimento como orgasmo. Orgasmo como conhecimento. Uma profusão de vida, uma avalanche...

Sexo. Ela fruiu mais uma vez essa palavra. Agora de qualquer forma já não tinha mais nenhuma importância. Tudo havia mudado. Sexo se tornara tão sem importância como café e camarões.

— Jenny, onde você está com seus pensamentos? Você acha que não estou percebendo que tem alguma coisa errada?

Jenny tomou um gole de café. Estava frio como coca-cola e com gosto de alcatrão.

Siri fora a melhor amiga de Jenny durante muitos anos. Agora Jenny tinha a sensação de não conhecê-la mais. Siri estava vivendo. Como Jenny havia vivido antes da Páscoa, antes que a vida para ela se tornasse pensamento. O mundo existia apenas em sua cabeça. Como idéia, como conceito.

— Siri, o mundo é uma quermesse? Um parque de diversões?

— O que está havendo? Você ficou religiosa de repente?

— Pode ser...

— Espere um pouco...

Siri correu até o balcão. Logo a seguir voltou com uma fatia de bolo e uma ficha para o café. Jenny acendera mais um cigarro.

— Bem, agora me diga o que está acontecendo. Sem papas na língua. Você recebeu uma visita dos mórmons na Páscoa ou coisa parecida? Você sempre foi muito influenciável, Jenny. Você nunca deveria discutir com mórmons ou com comunistas...

— Ah, Siri, não é nada disso...

Logo ela iria irromper em lágrimas. Mas ainda lutava contra isso.

— O que é então? E o que há com seu prato? Por que você não está comendo?

— Eu estou com câncer, Siri. Câncer, entende? Parece que é muito grave. Amanhã cedo vou ser internada em Oslo para radioterapia. Talvez eu só tenha mais alguns meses...

Foi como se tivesse caído uma máscara do rosto de Siri. Jenny quase sentiu pena dela. Agora ambas estavam nuas.

— Pobre Jenny. Minha querida Jenny... por que você não me disse logo?

A amiga segurou suas mãos. E então veio toda a história, como se tivesse sido recortada das páginas de uma revista.

Jenny precisou de meia hora para contar os acontecimentos dos últimos catorze dias. Ela estava surpresa de ver como narrava tudo de forma direta e precisa. Meticulosamente, até os mínimos detalhes. Como se estivesse falando de uma outra pessoa.

A amiga ainda segurava o pulso de Jenny. E agora Jenny via por si mesma. Como suas mãos pareciam pálidas sob a intensa claridade. Brancas como a neve.

— Não vivemos para sempre, Siri. Isso também diz respeito a você...

Ela olhou no fundo dos olhos de sua amiga.

— De qualquer forma, o fato de você estar doente me diz respeito. Será que não posso fazer nada?

Jenny acendeu mais um cigarro e balançou a cabeça.

— Jenny, simplesmente vou com você para Oslo. Eu posso me dar alguns dias de folga. Não é bom para você viajar sozinha.

— Obrigada, Siri. Mas essa viagem eu tenho que encarar sozinha. Você tem que se despedir de mim agora. Pode ser doloroso. Mas preciso me despedir de mim mesma. Aqui da cidade, da vida. Vai chegar a hora em que você também não vai ser poupada disso...

— Jenny... Espere, Jenny... Eu queria tanto...

— Não! Isso eu tenho que fazer sozinha. Agora tenho que ir, Siri.

Seu orgulho. Agora estava forte como uma pilastra.

Ela se levantou, vestiu seu sobretudo e tirou a mala branca de debaixo da mesa.

— Veja! Você não quer um pãozinho de camarão? Ou um pedaço de trança de Páscoa? Pode ficar com tudo.

— Espere...

— Adeus, Siri!

Ela deu as costas para a amiga e saiu dali com passos rápidos. Estava fugindo da compaixão de Siri.

Tinha a sensação de estar se desprendendo de todo mundo.

SIDARTA

Ela caminhava a esmo pelas ruas. Por alguns instantes, parou para ler as páginas de jornal expostas na vitrina da Bergens Tildende.

Estremeceu ao ler a manchete. "UM MILAGRE — ESTOU VIVO!" Em seis colunas. Uma notícia só para ela. Mas aquilo era apenas uma amostra do drama cotidiano. Um policial escapara por um triz de um louco armado de revólver.

Mas era realmente um milagre que ela vivesse! Jenny não precisou escapar de nenhum louco para vivenciar o fato de existir como um milagre. Não era um milagre que algo existisse?

O mistério da vida, pensou Jenny. O enigma da vida...

O enigma da doença...

E se de repente, como que por milagre, ela ficasse totalmente curada? Ou se simplesmente o diagnóstico estivesse errado?

Ah, não. Jenny não era uma sonhadora. Jenny era química. E Jenny era realista. Ela não acreditava em milagres. O primeiro lugar nas paradas de sucesso daquela primavera, "Nós vivemos", de Wencke Myhre e Jan Eggum, ressoava em seus ouvidos. Como um contraponto ao seu estado de espírito, nos últimos dias ela ouvira diversas vezes a canção no rádio:

"Lutaremos pela vida enquanto nosso sangue ainda correr em nossas veias..."

E pelo que mais valia a pena lutar?

Com sua mala branca na mão, ora na esquerda, ora na direita, ela prosseguiu em direção ao teatro.

Mulheres no banho turco. O sucesso de público da temporada. Ela não tinha a menor idéia do que tratava a peça, mas lhe parecia completamente boba. Como as orgias de Siri na sauna do professor em Finse.

Teatro. Teatro significava Johnny. Agora ele era professor de dramaturgia na universidade em Trondheim. A vida é um teatro, ele sempre dizia. Com o cigarro numa mão e a garrafa na outra. Somos colocados num palco e no final simplesmente caímos fora.

Certamente não fora o primeiro a formular isso.

Jenny precisava sair da cidade. Ela arrastou sua mala até Kloster e depois por todo o caminho até Nordnes. Lá se sentou num banco e ficou contemplando ao longe, no mar, a ilha Askøy.

Há dois mil anos, um rebelde judeu foi crucificado. Sem dúvida, ele foi um homem fantástico. Mas, além disso, a Igreja também pregou que ele era filho de Deus.

Para Jenny, não fazia sentido. Em primeiro lugar, que Deus tivesse criado o homem com livre-arbítrio. E depois, quando os homens fizeram uso desse livre-arbítrio, Deus ficou tão furioso que teve que mandar crucificar seu próprio filho antes que ele pudesse perdoar a humanidade.

Não era esta a mensagem do cristianismo para Jenny Hatlestad na Páscoa de 1983? Se ela acreditasse que era uma dádiva divina acreditar que a crucificação de Jesus era um presente divino como expiação para o fato de Adão e Eva terem abusado das dádivas de Deus — então ela estaria salva da ira desse Deus e não estaria perdida por toda a eternidade...

Num Deus como esse Jenny simplesmente não acreditava.

Jenny não era religiosa. Jenny estava doente. Mas a doença ainda não afetara seu entendimento. Nos últimos dias, ela ouvira quinze serviços religiosos no rádio. Por razões compreensíveis, ela escutara atentamente. Foi como um curso intensivo sobre o tema cristianismo. Ou como uma série de cursos de recuperação. Pois cada uma das celebrações continha toda a profissão de fé do cristianismo.

Evidentemente, os estudiosos das Sagradas Escrituras queriam provar de qualquer forma que sabiam sua lição e que eram ortodoxos em todos os aspectos. Mas se toda a doutrina cristã — de Adão e Eva até o Apocalipse — tinha que ser propagada em cinco ou dez minutos, não havia mais lugar para o amor e a razão, e por isso ela também não podia consolar Jenny, quando estava em Nordnes, sentada com a mala entre as pernas, observando a barca de Askøy.

Jenny precisava pensar ainda em outra coisa. Em algo exótico que tivesse se passado sob um céu estrangeiro. Em algo concreto e enaltecedor, algo que fosse mais apropriado para uma química doente de câncer.

Ela se lembrou da bela história do príncipe Sidarta, que sempre vivera cercado de luxos e regalias, até que de repente abriu os olhos para o sofrimento do mundo...

O último sinal de vida de Johnny fora uma longa carta de Estocolmo, onde ele acabara de ver um balé sobre a lenda de Buda. E Jenny fora imediatamente à biblioteca procurar livros sobre o budismo. Ela não sabia muito bem se era por causa de Johnny ou de Buda.

Buda não foi um redentor ou um filho de Deus. Ele foi uma pessoa como Jenny.

Quando ele nasceu, profetizaram a seu pai que seu filho dominaria o mundo ou renunciaria a ele, duas coisas de qualquer forma opostas. Ele renunciaria se conhecesse as misérias e o sofrimento do mundo. O pai queria impedir que isso acontecesse e, portanto, tentou proteger o filho do mundo fora do palácio — ao mesmo tempo que o cercava de toda a sorte de alegrias e divertimentos.

Mas Sidarta não se contentou com sua protegida existência de príncipe: diante dos muros do palácio ele vira um ancião, um doente e um cadáver putrescente...

O encontro com o ancião corcunda mostrou a Sidarta que a velhice é um destino do qual ninguém escapa. A visão do doente em sofrimento o fez questionar se seria possível estar a salvo da doença e da dor. E o cadáver lembrou ao jovem princípe que todas as pessoas um dia morrerão e que mesmo o mais feliz dos homens está sujeito à transitoriedade da vida.

Depois dessas experiências desoladoras, Sidarta encontrou um asceta com uma expressão feliz e radiante. Esse encontro o fez concluir que a vida em meio à riqueza e ao prazer era vazia e sem sentido. Então ele se perguntou: existe alguma coisa neste mundo que esteja a salvo da velhice, da doença e da morte?

Sidarta estava tomado de compaixão por seus semelhantes e sentiu-se predestinado a mostrar aos homens uma saída para a dor. Mergulhado profundamente em seus pensamentos, ele voltou ao palácio e, ainda na mesma noite, renunciou à sua agradável vida de príncipe e se decidiu por uma vida errante.

Depois de seis anos peregrinando como um asceta, Sidarta sentou-se ao pé de uma figueira às margens do rio Neranjara. E aqui — aqui ele viveu seu "despertar". Após viver trinta e cinco anos como um sonâmbulo, Sidarta descobriu que o sofrimento no mundo é causado pela sede de viver. Então ele se tornou "buda", aquele que despertou.

Jenny percebia o paralelismo. Sua idade era mais ou menos a mesma de Sidarta. Também ela não tinha vivido uma vida na gaiola dourada da satisfação, protegida do sofrimento, da morte e do conhecimento? Também ela não tinha vivido todos os seus trinta e seis anos como uma sonâmbula? Sua sede de viver não havia entorpecido todos seus sentidos? E agora ela não estava acordando desse longo torpor?

Buda não compreendeu apenas que tudo no mundo era sofrimento porque tudo estava sujeito à lei da transitoriedade. Ele também percebeu que existia algo mais. Algo eterno, duradouro. Algo acima das bagatelas e do falso brilho deste mundo, e acima do tempo e do espaço. Algo que apenas pode ser alcançado por aqueles que conseguem sufocar totalmente sua sede de viver.

Buda atingiu a "outra margem". Ele dominou o mundo e se tornou o *arhat*, o "venerável". Viu o mundo do ponto de vista da eternidade. Alcançou o nirvana.

Jenny não era uma filósofa. Ela se considerava realista. Sua visão de mundo era formada por átomos e moléculas. Por planetas, sóis e nebulosas. Todos os dias ela se punha a trabalhar com provetas e tubos de ensaio.

Se havia alguma coisa insatisfatória em sua visão de mundo era o fato de que tudo podia ser analisado e decomposto em partes menores. Mas não era sempre que seu pensamento ia tão longe... A breve visão que tivera da doutrina de Buda fora suficiente para que ela pressentisse uma espécie de totalidade.

Deve haver um contexto maior, pensava Jenny. Ela olhava para o fiorde Pudde. Deve haver um lugar de onde eu possa ver a mim mesma e ao meu destino.

O que era afinal esse "nirvana"? O que era esse eterno, não efêmero que Buda havia vivenciado? Era apenas um pensamento? Uma idéia? Ou algo palpável?

* * *

Mais adiante no promontório, uma mãe de uns vinte e cinco anos passeava com seu filhinho de dois ou três anos.

Jenny não pôde ter filhos. Mas ela também havia sido criança um dia. Assim, exatamente assim, ela brincou com sua própria mãe. Talvez exatamente aqui. E, assim, ainda por muito tempo depois dela as mães e os filhos brincariam em Nordnes.

Jenny acreditava reconhecer nessa imagem de mãe e filho toda a corrida das gerações e das espécies...

Tinha a sensação de não ser apenas ela. Não apenas a mulher ali sentada com sua mala branca entre as pernas. Era como se fosse também aquela mãe. E a criança. Era como se ela existisse nas árvores ao seu redor. Na relva sobre a qual andava. No canto dos pássaros. Sim, até mesmo no banco em que estava sentada. Nirvana...

Não podia ser algo distante, cósmico. Tinha que ter algo a ver com o aqui e agora. Afinal Buda — Buda havia alcançado o nirvana à sombra de uma figueira. Às margens do rio Neranjara...

Ao longe, no mar do fiorde, ela viu a barca de Askøy, a meio caminho entre Nordnes e Askøy, talvez com algumas centenas de pessoas a bordo. Mas que para Jenny parecia um barquinho de brinquedo numa paisagem em miniatura.

Centenas de pessoas apinhadas num barco, levado pela mesma quilha, pela mesma tração.

Jenny brincou com a idéia de estar ela mesma a bordo. Lá longe no mar, de pé no convés, brincando com a idéia de estar em Nordnes, sentada no banco, tentando ver a si mesma.

Por um momento, ela não sabia mais onde se encontrava. Ela estava a bordo da barca e em Nordnes. E em Landås, em Mjølfjell. E em Oslo, na casa de sua irmã e na clínica de radiologia...

Se não considerasse o tempo, ela estaria em todos esses lugares. Até mesmo na Lua. Ela estava em toda parte.

Jenny lembrou-se de quando voou sobre o mapa da Europa em 1975. As pessoas estavam tão longe lá embaixo, que ela não podia mais vê-las. Mas ela descobria seus rastros por toda parte. Via cidades e campos. Como retângulos amarelos, verdes e cinza. Grécia, Iugoslávia, Áustria, Alemanha, Dinamarca. E a velha Noruega. A dez mil metros de altitude não se distinguiam mais as fronteiras entre os países. A verde Europa...

Ela também vira fotos do globo terrestre. Tiradas da Lua. Ou de lugares ainda mais distantes no espaço. Um globo azul.

Vistas à distância, todas as vidas nesse planeta formavam uma só. Como um único organismo vivo. Um objeto estranho: uma coisa pulsante de vida em meio ao espaço vazio.

Quem reparou em Jenny e em seu destino quando a foto foi tirada da Lua? Que importância tem uma formiga no meio de muitos bilhões delas?

E, no entanto, com sua consciência, Jenny de certa forma abarcava o mundo todo.

Quando eu morrer, pensou, o mundo inteiro morrerá comigo. E um outro mundo será deixado para os outros.

O mundo é aqui e agora — em algumas semanas ou meses ele terá desaparecido...

Um pardal passou voando baixo e pousou ao lado dela no banco. Por um momento, ficou ali olhando ao redor. Depois desapareceu.

ABRIL

Passou mais uma barca para Askøy. Jenny levanta-se do banco, pega a mala branca e anda em direção à cidade.

Abril. Os gramados são tão verdes que doem nos olhos. Nos canteiros florescem campânulas, açaflores e narcisos. As bétulas nuas cobriram-se de véus lilases. Em algumas delas despontam os brotos de folhinhas verde-claras. Em uma semana, as bétulas estarão todas vestidas de verde...

Abril. É inconcebível, pensa Jenny, como em poucas semanas são bombeadas toneladas de matéria verde e viva da terra escura e sem vida.

Abril. Ela pensa de novo na Páscoa. Na morte e na ressurreição. Na semente que precisa cair no solo e morrer...

Jenny passa lentamente pela Fredriksberg e alcança as casas antigas de madeira entre Kloster e o fiorde Pudde.

Gramados verdes. Árvores. Um velho com uma bengala. O trinado das risadas das crianças. Um pesado Sol se põe rompendo a camada de nuvens.

Jenny absorve cada uma dessas impressões.

Adeus, pensa com tristeza e amargura. Adeus, Bergen. Adeus, terra viva, adeus, céu e sol... Agora vou me retirar, meu tempo chegou ao fim. Vou desaparecer. Não por uma ou duas semanas. Mas para sempre. Eternamente.

De repente, ela compreende o que significa essa palavra. Eternamente. Numa fração de segundo, ela compreende. Jenny conhece a eternidade.

Este aqui foi o meu mundo. Por trinta e seis anos. Não, por milhões de anos. Ela não se sentia nem um só dia mais nova do que o monte Ulrikken. Mas quanto este mundo foi *meu*. Quão colorido foi para mim. O quanto o apreendi em minha consciência.

Talvez existam outros mundos além deste. Num outro lugar. Ou num outro tempo. Talvez ambos. Mas deste mundo Jenny pôde participar. De um mundo feito de vales e fiordes e montanhas, de deserto, mar e selva. Com cavalos e vacas e cabras, elefantes, rinocerontes e girafas. Com açaflores, campânulas e hibiscos, laranjas, ameixas e framboesas... e com seres humanos, mulheres e homens. Jenny conheceu a humanidade. Bem de perto. Ela teve um contato imediato de quarto grau. Ela mesma foi um ser humano!

O mundo!

Ela fez uma breve visita a esse mundo. Como participante, como representante, como observadora.

Quantas horas ainda lhe restarão aqui?

Mas isso ainda faz alguma diferença, se ela já está mesmo de saída?

Sim, faz diferença. Quantas horas ainda lhe restam para viver? Para existir?

Dai-me a vida mais uma vez, pensa Jenny. Dai-me um corpo são. Dai-me de volta minha juventude...

Dai-nos Barrabás!

Nesta comemoração da Páscoa, Jenny é o cordeiro imolado. Ela carrega o sofrimento do mundo em suas costas.

"Quando tudo está quieto, ouvimos os corações batendo... rastejando ou andando, ou totalmente perdidos: nós vivemos!"

Agora ela estava outra vez no meio da cidade.

Se fosse uma terça-feira à noite totalmente normal, ela ainda iria ao café Wesselstue antes de tomar o ônibus para Åsane. Podia ser que lá encontrasse conhecidos, alguém para conversar...

Mas esta aqui não era uma terça-feira à noite normal. Mesmo assim, ela decidiu dar uma última olhada no Wesselstue. Não para encontrar conhecidos. Mas para mergulhar pela última vez na multidão antes de deixar Bergen e voar para Oslo.

Ela passou furtivamente pelo vestiário para não ter que entregar o sobretudo e a mala. Com a mala numa das mãos e a bolsa na outra, tentava abrir caminho por entre as mesas no salão enfumaçado. Hoje não ficou procurando conhecidos. Preferiu ficar com uma visão geral da atmosfera, da vida do café...

Era o grande dia do "vejam-só-o-meu-bronzeado". Também se podia ver um ou outro rosto pálido. Os rostos pálidos deviam se sentir como uma minoria étnica. Era absolutamente normal que no primeiro dia útil após a Páscoa alguém circulasse com uma mala na mão por entre as mesas do Wesselstue. O que não era nada natural e parecia quase grotesco era aquela combinação de uma mala com um rosto pálido, quase branco.

Além disso, Jenny estava completamente sóbria. Ela não recendia a cera de esqui ou a bronzeador, nem a petróleo ou lenha de bétula. Também não recendia a cio.

Era estranho ver como as pessoas encostavam as cabeças e sussurravam e cochichavam umas com as outras, como riam e tagarelavam. Como faziam seus jogos de sedução umas com as outras e contavam suas anedotas de viagem. Como abriam seus leques de pavão e se exibiam cheias de vaidade. Quase doía ter que ver isso.

Veja só a ponta do meu nariz! Até na barriga eu fiquei um pouco bronzeada... e na barriga da perna, também não fiquei? Bem, sabe, conhecemos um professor e um médico... eles estavam numa casa imensa... com sauna, entende... na verdade... Alguns dias fez tanto calor que deu para tomar banho de sol sem blusa!

Pobres de espírito, pensou Jenny. Ela tremia debaixo de seu sobretudo.

Há poucas semanas, ela também era uma dessas pessoas. Agora elas lhe eram estranhas. Agora ela se sentia como se estivesse no topo de uma montanha bem alta. Agora ela estava em algum lugar lá fora no espaço sideral.

Ela ficou com medo de encontrar conhecidos e, por isso, logo deixou o local.

Jenny abre caminho entre as muitas motocicletas em frente ao Hotel Norge. Ela atravessa a Festplass e segue pela Lille Lungengårdsvann em direção ao terminal rodoviário.

Bem lá embaixo, à beira do lago, está deitado um casal aos beijos e abraços. Não parece muito confortável o modo como estão ali enlaçados. Como é que eles conseguem?, pensou Jenny. Parece tão cansativo. E com certeza está frio. É inegavelmente também um pouco grotesco. Dois animais estendidos, que se acariciam mutuamente e se beijam, se arranham e se beliscam. E cujos desejos se devem ao fato de pertencerem a diferentes variações da espécie humana.

Ainda assim, ela podia entendê-los perfeitamente. Ela mesma também já havia sido um indivíduo dessa espécie...

* * *

O ônibus para o aeroporto só sairia em meia hora. Mas um ônibus normal para Flesland já estava de partida. Fana—Os—Milde.

Pela primeira vez, ela sentiu em seu corpo que estava doente. A passagem subterrânea para a plataforma 18 parecia interminável. E depois ela precisou subir uma escada íngreme. Para entrar num ônibus, dentro do qual teve que segurar sua mala ao mesmo tempo que procurava na bolsa o dinheiro da passagem.

Ela pensara tanto na morte, que se esquecera completamente da sua doença. Agora percebia como estava fraca.

— Desculpe, a senhora não está se sentindo bem?

Era o motorista. Pela primeira vez desde que Siri a havia surpreendido no Reimers, alguém lhe dirigia a palavra.

Jenny sentiu uma onda quente de gratidão percorrer seu corpo.

— Como? Não, não, já está tudo bem. Só estou um pouco cansada. Muito obrigada.

Teve vontade de abraçá-lo. De pedir sua ajuda, sua compaixão. Ou deitar sobre o capô e chorar.

Talvez pela primeira vez em toda sua vida adulta, ela havia passado um dia inteiro sem pensar em sua aparência. De manhã, até mesmo esquecera da maquiagem nos olhos.

Mas não se sentia apenas pálida e descuidada. Talvez seu rosto estivesse marcado pelo medo, pelo desespero, por depressão e revolta. Era ingênuo pensar que seus pensamentos fossem imperceptíveis para todo mundo.

Estava outra vez com aquela sensação que conhecia tão bem de sua infância. De que todos que olhavam para ela podiam ler seus pensamentos.

O MUNDO

Jenny sempre gostou de andar de ônibus.

Ela gostava de se sentar à janela e ver a paisagem passar. As montanhas, o fiorde, as casas, as vitrinas, as pessoas...

Era como se estivesse folheando um livro.

No ônibus ela podia ficar sentada sem ser perturbada e ouvir em segredo a conversa-fiada das pessoas, e não precisava arrumar alguma desculpa para isso.

As horas em que Jenny refletia mais intensamente eram durante as viagens de ônibus que fazia todos os dias entre Åsane e Bergen. As poucas ocasiões em que seus pensamentos giravam em torno de outros temas além de economia e das bagatelas do cotidiano eram no ônibus.

No ônibus ela vira o nascer do sol. No ônibus vivera o crepúsculo. No ônibus tinha se dado conta do paradoxo que é um ser humano não viver eternamente.

Jenny estava sentada atrás de uma mãe e de seu falante filho de seis ou sete anos.

O menino acabara de atingir o estágio da vida em que havia se acostumado à realidade. O mundo não era mais algo novo em folha ou inexplorado. Ele ainda podia descobrir muitas coisas novas, mas há tempo o mundo já não oferecia mais motivos para se maravilhar. Ele havia deixado de ser uma permanente revelação.

Duas fileiras à frente, uma menina de dois anos estava sentada no colo de seu pai. Num momento, ela puxava a barba de seu papai; no momento seguinte, soltava-se dele e apontava entusiasmada para fora da janela.

Essa menininha era um ser totalmente diferente do garoto de sete anos. Ela ainda estava nos anos mágicos. Para ela, o mundo era ainda tão novo como no sétimo dia, em que o Senhor descansou. E a menina via que tudo era bom...

Se o motorista de repente tivesse colocado o ônibus no piloto automático para sair flutuando pelo teto do ônibus sobre a cabeça dos passageiros, talvez ela apontasse para ele e dissesse: "Olha, papai, o homem está voando!".

O pai, um professor universitário ou educador social com seus trinta e poucos anos, provavelmente teria sofrido um choque. Simplesmente porque estava no mundo havia mais de trinta anos sem nunca antes ter vivido nada semelhante. Sim, apenas por isso.

Agora a menina apontava para uma ambulância com sinal luminoso e sirene tocando. O veículo passou pelo ônibus a toda velocidade na direção de Søreide. Para a menina pequena, tudo isso era extraordinário.

O pai deixava-se guiar e olhava para tudo o que sua filha apontava. Certamente ele participava das experiências de sua filha apenas por considerações de ordem pedagógica. Ele já vira inúmeras ambulâncias.

Mal a menina havia se sentado, já se soltava novamente. Agora ela apontava, sem caber em si de tanto entusiasmo, para um cavalo em frente a um grande estábulo.

— Au-au! — disse.

— Cavalo, Camila, é um cavalo.

O professor tinha razão.

Se tivesse visto um canguru pela janela do ônibus, com certeza ele teria coçado a cabeça intrigado — sem dúvida, apenas porque já havia feito a viagem para Fjøsanger muitas vezes sem nunca ter deparado com um canguru.

A menininha, por sua vez, provavelmente teria exclamado novamente com todo o entusiasmo: "Au-au!".

Ver um canguru para ela não teria sido nem mais nem menos emocionante. Ela ainda não possuía conhecimentos de zoologia tão bons assim.

Na verdade, nesse momento ela estava vendo um canguru. Com um filhote dentro da pequena bolsa em sua barriga. Ou um elefante. Um elefante cor-de-rosa. Com asas douradas e prateadas...

A pequena Camila mergulhou em seu conto de fadas. Um conto em que o professor universitário talvez apenas conseguisse mergulhar se de repente o espaço à sua volta se enchesse de anjinhos.

Ter uma doença incurável significava um aguçamento incrível da memória. De repente, Jenny podia se lembrar tão bem de sua infância, que não tinha nenhuma dificuldade em se identificar com aquela menininha de dois anos tão maravilhada com tudo o que via.

Jenny tinha a sensação de estar vendo o mundo pela primeira vez. Muito embora fosse a última. Mas no fundo não era a mesma coisa? Como a garotinha à sua frente no ônibus, ela estava na extrema fronteira do mundo.

Jenny olhou para fora da janela.

A grama estava tão verde, a montanha tão alta e seus contornos tão definidos, o céu vespertino de um azul tão deslumbrante e as pessoas e os animais tão vivazes.

O mundo parecia ter sido criado havia apenas poucos minutos. Como se um mágico tivesse acabado de tirar a realidade da manga do paletó.

Lá em cima na encosta, ainda se viam algumas manchas de neve. Uma última saudação do ano passado.

De uma vida...

Jenny não veria mais a neve caindo em flocos do céu. Seu ciclo fora interrompido e soara o aviso da última rodada.

Neve!

Jenny ainda se lembrava da primeira vez em que vira algo branco sobre a terra. Na primeira de todas as manhãs de inverno do mundo. Um espesso tapete de uma geada de grãos graúdos cobrira tudo como um cobertor gelado.

— Açúcar! — ela exclamara.

Ela se aprumara em seu carrinho e sacudira vivamente os braços.

— Açúcar!

Isso havia sido no tempo em que ela ainda desfrutava desse esplendor. Ela não vira outra coisa senão uma paisagem confeitada.

O mundo é um enigma, pensava Jenny agora. Mas nós nos acostumamos a esse enigma quando crescemos. Até que ao final não nos acontece mais absolutamente nada enigmático. O mundo torna-se constante e previsível. E precisamos refletir profundamente para destituir o mundo de sua aparente compreensibilidade. Precisamos nos aprofundar intensamente em nós mesmos se quisermos vivenciar o mundo como mistério...

Não é engraçado?

O único verdadeiro mistério é aquele que vemos. Mas é o único que nunca é mencionado.

Isso diz respeito a todas as pessoas. Mas não é um tema de conversa.

Nada é tão obscuro quanto o que é cristalino. Nada é tão oculto quanto o que vivemos em cada um dos dias.

Aqui despertamos num globo terrestre no Universo. Num globo flutuante. Uma esfera mágica. Com lagos, florestas e montanhas. E uma pitada de vida em todas as formas e tamanhos.

Aqui a matéria espalha-se pelo campo. Aqui ela desponta do solo entre pedras e árvores. Aqui ela fervilha em rios e lagos. Aqui ela tremula no ar entre o céu e a terra. E mais ainda, mais: a matéria neste misterioso planeta é consciente de si mesma. Ela abre os braços e diz: "Opa! Lá vou eu!".

E, apesar de tudo, depois é assim. Nos acostumamos a tudo o que está à nossa volta e agimos como se tivesse que ser assim. Consideramos a vida neste planeta a forma mais racional de existência. Talvez ainda consideremos os dodos e os dinossauros algo extraordinário, mas apenas porque eles não existem mais.

Ainda na terceira ou na quarta série, Jenny admirava-se de que na Austrália as pessoas não despencassem da superfície da terra. Ela achava isso espantoso, do mesmo modo que teria ficado perplexa com o contrário: caso os australianos de fato caíssem no espaço sideral.

O que ela sabia naquela época sobre "leis da natureza" — leis da natureza, o que era isso?

Camila e o "au-au" lembraram a Jenny salas de leitura e grupos de trabalho.

Quinze ou vinte anos antes, ela lera os dois volumes da *História da filosofia*, de Arne Næss, para um exame. Ela só conseguia se lembrar de uma frase — talvez porque tivesse lhe parecido verdadeira logo à primeira vista: "Nada existe na consciência que antes não tenha existido nos sentidos".

Algum filósofo havia formulado mais ou menos assim. Agora ela pensava de novo nessa frase — e ela lhe parecia a quintessência de tudo o que é possível dizer sobre este mundo.

Todos nascemos com uma série de expectativas perante o mundo, que depois se concretizam ou não. Assim, aceitaríamos também qualquer outro tipo de ordem no mundo.

No que diz respeito à racionalidade, a realidade não leva nenhuma vantagem sobre qualquer conto de fadas. Do ponto de vista da lógica, todas as ordens são igualmente possíveis no mundo. Ou impossíveis. Mas o homem é dotado de uma capacidade de adaptação inconcebível. Se conseguimos nos manter a cada dia na realidade sem perder o entendimento, sem nem ao menos piscar os olhos, é porque somente a realidade é real, somente ela é um fato.

Quem é que acreditaria na realidade sem que fossem apresentadas provas de que ela existe?

O mundo, pensou Jenny, o mundo vira um hábito. Tudo é inflacionado. Se começar a acontecer um milagre após o outro, ao final só poderemos estar indiferentes. Até que chega o dia em que simplesmente não vemos mais que existe um mundo.

Uma coisa só pode nos parecer enigmática se contrastada com nossas expectativas. Somente nos surpreendemos ainda quando a longa série de nossas expectativas é quebrada. O mundo precisa dar uma guinada. E nós precisamos viver algo "sobrenatural" para sentir na própria pele que existimos.

Jenny olha novamente para fora da janela.

Søreide. Uma cidadezinha a dez quilômetros ao sul de Bergen. Algumas lojas, uma escola, uma agência de correio. Uma noite quieta de um dia de trabalho. Jenny olha para tudo com a visão aguçada de uma criança.

A única coisa que torna este mundo mais plausível do que a mais alucinada fantasia é o fato de que ele existe. Deixando essa diferença de lado, Søreide é tão incompreensível para a razão quanto a Terra Média dos hobbits ou o País das Maravilhas de Alice.

Isso também deve ter sido formulado mais ou menos assim por algum filósofo. O grande mistério não consiste em *como* o mundo é, mas apenas em que ele *existe*.

Essa tese também marcou Jenny na época em que ela se preparava para o exame de filosofia. Essa frase parecia abranger tudo o que se podia imaginar.

Mas em todos os anos que desde então se passaram ela nunca mais havia pensado nisso. Estava ocupada demais em viver. O mundo em si não é um tema com o qual se deva quebrar a cabeça todos os dias.

Mas quando de repente alguém descobre que está com câncer, a coisa fica bem diferente. Então, palavras como mundo, vida ou morte passam a ter mais importância. Os doentes de câncer muitas vezes desenvolvem uma apurada sensibilidade para as grandes questões existenciais. Muitos chegam a afirmar que isso faz parte do quadro da doença.

No Wesselstue, porém, esses pensamentos não estavam exatamente na ordem do dia. Essas idéias eram estranhas aos médicos e professores de Finse. Eles eram saudáveis demais para elas. Eles eram um pouco animais demais para elas.

O que os diferenciava, então, das vacas e ovelhas em Blomsterdalen? Eles simplesmente estavam lá. Absolutamente sem notar isso. Sem recuar um passo.

O que teria movido Siri em Finse se existisse apenas um sexo sobre a terra? Talvez ela tivesse ficado observando as estrelas. Talvez ela tivesse deitado a cabeça para trás para olhar o Universo. Talvez tivesse descoberto a si mesma e se perguntado de onde teria vindo.

Quase toda sua vida na terra Jenny vivera como uma

personagem de história em quadrinhos, sem uma consciência de si mesma. Apenas uma rara vez, a consciência da própria existência lhe percorrera o corpo como um calafrio.

Uma pessoa vive no máximo oitenta ou noventa anos, ela pensou agora. Uma geração sucede a outra... Todos temos que morrer... Não vivemos para sempre — no trato entre as pessoas existem muito floreios.

Se vivêssemos apenas três ou quatro anos, precisaríamos nos conformar com isso exatamente da mesma maneira. Seria *essa* então a nossa natureza. Mesmo se vivêssemos mil ou dez mil anos, também estaríamos insatisfeitos quando o final se aproximasse.

Trinta e seis anos...

Um dia na eternidade. Um piscar de olhos no tempo. Não fazia muito tempo que Jenny tinha a sensação de ser adulta. Ela ainda era uma principiante.

E, mesmo assim, não invejava mais os outros pela indulgência de alguns parcos dias a mais. Ter mais uma semana ou mil anos de vida no fundo não fazia diferença, se de qualquer forma ela deixaria de existir um dia. Afinal de contas, existiam questões mais importantes do que o exato momento em que a vida de um único indivíduo chega ao fim. Tratava-se de algo mais do que simplesmente regatear a hora de partir.

Não sou eu quem está doente, ela pensou. O mundo está doente. Pois, afinal de contas, "tudo o que vem a ser é digno de perecer".

Buda também se referiu a isso quando disse que tudo no mundo está preenchido por sofrimento. Existem muitas coisas boas no mundo. Muito a que nos afeiçoamos. Mas nada daquilo que amamos e a que nos apegamos perdura.

Será que não existia um remédio contra seu medo de se perder de si mesma? Não havia nada que curasse Jenny de seu desejo intenso de viver, nada que a libertasse de sua sede de vida? Não existia uma perspectiva que fosse mais importante do que a questão do ser ou não ser?

Com essa questão ocupava-se Jenny no último posto avançado do mundo.

O ônibus pára na frente do edifício do aeroporto.

Agora só restam três passageiros. Jenny, Camila e o pai de Camila. Eles procuram suas bagagens.

Depois da longa viagem de ônibus, a mais longa que Jenny fez em sua vida, ela tem a sensação de conhecer muito bem os outros dois. Eles estão mais próximos dela do que Siri, Ragnhild e as colegas do laboratório. Eles são mais do que companheiros casuais de viagem. Eles são seus semelhantes.

Jenny joga o sobretudo verde sobre um braço e com o outro puxa a mala para fora do compartimento de bagagem. Depois ela sai do ônibus, o motorista faz o motor roncar, fecha as portas e segue viagem.

Anoiteceu entre Søreide e Bergen. A Terra girou alguns graus em torno de seu eixo e fez o sol desaparecer no horizonte. As luzes vermelhas de sinalização no limite do aeroporto comprovam que Jenny morrerá no final do século XX.

Jenny movimenta-se com passos pesados em direção à entrada.

Embarque... *Departure.*

Sobre o baixo edifício do aeroporto, ela vê as primeiras estrelas da noite como pálidas manchas azuladas na penumbra.

Sóis distantes. E ainda assim nossos vizinhos mais próximos no Universo.

Jenny vai morrer num planeta que gira em torno de uma entre bilhões de estrelas da Via Láctea. E além da Via Láctea, mais além de onde alcançam os pensamentos de Jenny, existem outras centenas de milhões de galáxias como essa.

A morte tão perto — e as estrelas tão distantes.

Jenny teve uma fase em que se interessou por astronomia. Desde o segundo grau até quando foi para Trondheim fazer seus estudos de química, ela lia todos os livros que conseguia encontrar sobre o Universo. Era como uma obsessão.

Jenny sabia que toda a matéria no Universo formava uma unidade orgânica. Ela também sabia que, em tempos primordiais, toda a matéria havia se concentrado numa bola de massa tão desproporcionalmente densa, que a cabeça de um alfinete pesava bilhões de toneladas. Sabia que o átomo primordial explodira devido à imensa força gravitacional. Sabia também que o Universo que a cercava agora era resultado dessa explosão. E mais ainda: ela sabia que todas as galáxias ainda estavam se afastando umas das outras numa velocidade astronômica.

No segundo grau, uma vez Jenny se inserira dentro de um contexto maior. Ela traçara coordenadas de tempo e espaço e localizara sua própria cidade com toda a exatidão. Aprendera a lidar com os acontecimentos arbitrários com os quais os seres humanos inescapavelmente se confrontam na Terra. Depois a vida na Terra a agarrara cada vez mais firmemente.

Jenny vê uma estrela sobre o aeroporto de Bergen. Ela sabe que a luz dessa estrela percorreu bilhões de quilômetros antes de se encontrar com seu olhar no dia 5 de abril de 1983 às vinte e uma horas.

A luz dessa estrela precisou de tempo para essa longa viagem. A cada pulsação no corpo de Jenny, ela avançava centenas de milhares de quilômetros através da noite cósmica. E mesmo assim foram necessários dias e meses e anos. Dez anos, cem anos, milhares de anos...

Olhar para o espaço sideral significa retroceder no tempo. Não vemos o Universo como ele é, mas como foi há muito tempo...

Quando os radiotelescópios conseguem captar a luz de longínquas galáxias que estão a bilhões de anos-luz distantes de nós, eles desenham um mapa do Universo como ele era nos tempos primordiais após a grande explosão. Sim, pois o Universo não conhece uma geografia atemporal. O Universo é um acontecimento. O Universo é uma explosão.

Olhar para o espaço sideral significa viajar no tempo.

Jenny sabe disso. Ela sabe disso desde que tinha dezesseis anos.

Tudo o que uma pessoa pode ver no céu são fósseis cósmicos de milhares e de milhões de anos. Tudo o que um astrólogo pode fazer é interpretar o passado.

Quando uma química de vida atarefada que está com câncer levanta seu olhar da Terra e olha para o espaço sideral, está olhando retrospectivamente para a história do Universo. Numa noite clara, ela vê milhões, sim, bilhões de anos atrás no passado. De certa forma, está vendo o caminho de volta para casa, de volta para sua origem cósmica.

Quando Jenny era criança, muitas vezes a idéia de que o Universo era infinito lhe causava vertigens.

Seu pai lhe explicara que o mundo era uma minúscula esfera que girava em torno do Sol. O Sol era uma estrela. E lá em cima no céu havia milhões e mais milhões daqueles sóis.

E depois das estrelas? Outros milhões de novas estrelas. E depois destas?

Em suas leituras, Jenny deparara com o fato de que essa já era uma visão ultrapassada do mundo. O Universo não era infinito. Ele era grande. Mas não infinito.

E não era para ter vertigens com essa idéia? Que o Universo fosse finito, a realidade, um enigmático colosso que se erguia do nada absoluto?

A caminho do setor de embarque, Jenny se lembra de que lera sobre um astrônomo que calculara o número total de galáxias no Universo. E, não se dando por satisfeito, além de contar as estrelas do firmamento, calculara também o número total de partículas elementares em todo o cosmo e determinara o peso do Universo.

Jenny fica emocionada com essa idéia.

A realidade, ela pensa, a realidade é um objeto que pesa determinado número de quilos.

Nesse momento, a massa do Universo está dividida em bilhões de galáxias numa área gigantesca. Mas nem sempre foi assim. Em algum momento, em tempos remotos, há dez ou quinze bilhões de anos, toda a massa existente no Universo formava um único objeto. Naquela época, um único objeto formava a realidade.

A pulsação de Jenny acelerou com esse pensamento.

Todas as estrelas e galáxias no espaço sideral compõem-se da mesma matéria. Aqui e ali foram se formando aglomerações dessa matéria. Uma galáxia pode estar a bilhões de anos-luz das outras. Mas todas possuem a mesma origem. Todas são da mesma linhagem...

Mas que matéria era essa que formava o mundo?

O que é isso que explodiu há bilhões de anos? De onde veio?

Essa questão afeta Jenny profundamente. Afinal, ela mesma é feita dessa matéria.

ÁLCOOL

— Eu gostaria de retirar uma passagem. Para o vôo das 22h20 para Oslo.

— A senhora tem um número de reserva?

— Hum...

— Não lhe passaram nenhum número de reserva?

— Sim... Um momento... espere... estou procurando... XZ 812.

— Hatlestad?

— Sim. Jenny Hatlestad.

— São quinhentas e noventa e duas coroas.

Jenny paga seu vôo com um cheque do Banco de Bergen.

Fazia tempo que ela não vinha a um aeroporto. E agora ela se dá conta de que provavelmente viajará de avião pela última vez em sua vida. Talvez também pela última vez ela preencha um cheque.

— E a minha mala?

— A senhora pode despachá-la no balcão em frente.

Jenny atravessa o setor de embarque. No balcão, ela pode escolher entre uma mulher formalmente gentil de quase trinta anos e um homem com os mesmos atributos, mas de sua própria idade. Certamente os dois haviam feito um curso de sorrisos. Ela se decidiu pelo homem.

— Eu logo vi — ele disse quando ela lhe entregou a passagem. — Mas eu sempre espero até que possa conferir na passagem.

Então ela havia sido observada novamente. Pela segunda vez nesse dia. Na certa todos podiam ver que ela estava doente.

Ela olha para o homem sem compreender. Ele abre um largo sorriso.

— Jenny! — ele diz. — Você não se lembra mais de mim?

— ...

— Ei! Olhe para os meus olhos...

— Ah, Anders! Claro... eu estava totalmente absorta nos meus pensamentos. Anders Løvstakken.

— Isso mesmo. Turma do colegial de 1966. Eu levei você para casa depois do café da manhã do exame final. Lembro que você estava furiosíssima!

— De qualquer forma já faz dezessete anos...

— Você não tinha se casado? Com alguém de Trondheim ligado ao teatro?

— Tinha, e depois me separei...

— E agora?

— E agora o quê?

— Bem, agora está livre de novo no mercado?

Livre. No momento, Jenny simplesmente não conseguia entender essa palavra. E mesmo assim se sentia provocada por ela. O que significava uma pessoa ser "livre"?

— Você vai para Oslo? Alguma coisa acontecendo por lá?

— Vou, para Oslo.

— Trabalho?

Jenny percebeu que estava furiosa. E talvez fosse exatamente disso que precisasse agora. Para levar um pouco de calor à sua face e ativar sua circulação.

— Estou indo para um congresso... Em Helsinque.

— Que interessante. E sobre o que é?

— Sobre adrenalina. Adrenalina sintética.

Com isso ela tinha se livrado dele. Ele sorriu novamente, um sorriso largo, e entregou-lhe o cartão de embarque.

— Boa viagem, Jenny. Sabe, naquela época eu era um pouco apaixonado por você...

Ela conseguiu dar um sorriso forçado, depois lhe deu as costas. Ele ainda não tinha deixado para trás seu tempo de colegial.

O setor de embarque está lotado de pessoas importantes. Turistas de Páscoa e rígidos homens de negócios misturados numa grande confusão. A maioria é de homens de negócios, pingüins com guarda-chuvas e maletas de executivo...

Jenny olhou para eles.

Ela foi até a cafeteria. Será que deveria pedir um Campari?

Bem, uma coisa era certa: isso ela podia se permitir. Nunca Jenny tinha podido se permitir tanto.

Campari...

Há algumas semanas, ela se referia a Campari como o néctar dos deuses. Era um luxo que se permitia apenas raramente. Já com vinho tinto era mais generosa...

Por que ela não deveria pedir um Campari? E depois mais um. E mais um. Para depois arrematar tudo com um cálice de vinho do Porto. Sim, por que não poderia se embriagar completamente no caminho para Oslo? Ela tinha realmente todos os motivos para isso. Com certeza lhe faria bem. E sua irmã entenderia...

Por vezes, Jenny cultivara uma relação muito estreita com o álcool. Sobretudo nos primeiros tempos depois de se separar de Johnny. Ele bebia tanto em algumas fases, que isso a fazia perder completamente a vontade de consumir bebidas alcoólicas. Depois ela se pusera a recuperar o tempo perdido conscientemente. Nos últimos tempos, ela vinha se contendo. Mas algumas garrafas de vinho tinto por semana eram habituais. E eram consumidas quando estava sozinha e também em companhia de amigos.

O vinho tinha uma característica paradoxal. Ele lhe proporcionava uma relação mais íntima com o mundo à sua volta. E ao mesmo tempo criava uma distância que era necessária para compreender o mundo como uma totalidade.

Depois de uma garrafa de vinho, Jenny havia afastado o mundo para tão longe de si que chegava a compreendê-lo. Então, às vezes, ia até a janela e ficava olhando para fora por um longo tempo. Não havia casa, copa de árvore ou pessoa lá fora que lhe parecesse sem importância naquele momento. Talvez, justamente porque ela flutuasse tão alto acima de tudo...

Quando tinha sorte, acontecia de ela pensar na vida de forma bem geral, no Universo, no espaço cósmico. E em si mesma como parte do grande todo.

Ela não sabia ao certo se aquela era uma característica do vinho ou dela mesma. Sempre na manhã seguinte, parecia que esses pensamentos tinham sido apagados como que de um quadro-negro.

No dia seguinte, ela deparava com todas as banalidades do mundo em seu encalço. Os milhares de mínimos detalhes. E também tudo perdia rapidamente o calor da véspera.

O vinho também ensinara Jenny a aceitar com serenidade as diversas mudanças em sua vida. Talvez durante o dia ela visse os detalhes com mais clareza do que à noite. Mas isso acontecia em detrimento da totalidade, da visão do conjunto. Se é que essa "totalidade" de fato existia. Se é que não era apenas uma abstração. E justamente um efeito do vinho...

Até mesmo a morte lhe parecia aceitável após alguns copos...

A principal característica do vinho provavelmente era que ele a impelia à tolerância. Não à resignação, não à condescendência. Não era essa a natureza do vinho. Ele incitava à tolerância ativa e positiva. À reconciliação, sim, à fusão.

O diagnóstico, ela pensara depois de beber meia garrafa, o anúncio da morte, eu gostaria de receber depois de uma garrafa de vinho. Então ela poderia decidir se queria viver um por um todos os passos ou dar logo um fim a tudo. Enquanto o vinho cobria tudo com o véu da reconciliação...

Agora Jenny estava na cafeteria do aeroporto de Flesland pensando se deveria beber um Campari. Decidiu que não. Agora ela queria estar sóbria.

O problema então não era permanecer sóbria, mas o fato de que não se sentia sóbria o suficiente. Se pudesse comprar uma bebida que a tornasse ainda mais sóbria, ela o teria feito. Por que ninguém ainda havia inventado essa bebida?

Jenny olhou à sua volta no setor de embarque.

Alguns pingüins estavam sentados no lugar frio, atrás de uma cerveja ou de uma xícara de café, debruçados sobre suas maletas de executivo ou escondidos atrás de seu jornal. A maioria deles, porém, passava pela área com seus passos apressados de doninhas, mecanicamente, como num velho filme mudo.

Eram pessoas modernas. Elas lembravam robôs a Jenny. Um grupo após o outro sendo transferido para outra cidade...

Lá fora o céu estava estrelado. E talvez também estivesse frio. Mas dentro estava ainda mais frio. Era um vento gelado que soprava entre as pessoas.

Jenny se sentiu atraída pela noite lá fora. Aqui no setor de embarque não era possível encontrar consolo. Nem tolerância. Nem reconciliação.

Para fora daqui!, ela pensou. Para fora na noite!

O relógio marcava vinte e uma horas e alguns minutos. Ainda faltava mais de uma hora para seu vôo.

E se ela perdesse o avião, com certeza na manhã seguinte haveria um outro.

Ela não tinha bagagem. Tinha que pensar apenas em si mesma.

Lá fora está quase escuro. Lá em cima sobre a noite de abril está estendido um forro de luz cintilante. Em cada ponto de luz sob esse forro brilha uma lâmpada de um milésimo de watt.

Jenny passa pelos ônibus, pelos táxis e pelos carros de aluguel. Não anda devagar, mas com passos firmes. Ela atravessa a rua e se dirige para o bosque de bétulas.

Na escuridão, o bosque parece uma selva impenetrável. Mesmo assim Jenny encontra uma trilha que serpenteia por entre as árvores.

Ela sente o cheiro acre e quase ácido da primavera. O cheiro da terra podre. Mas também o aroma doce da vida germinando. Também isso a faz lembrar das origens da existência...

Ela estende as mãos para os troncos das árvores, tateia no ar em busca dos galhos, toca os novíssimos brotos. Então, fica de pé por um longo tempo e abraça um tronco liso.

Este é o meu mundo, ela pensa. É assim que o vejo aqui...

Ela continua, até perder de vista as luzes do aeroporto. Como um ruído de um mundo com o qual nada mais tem a ver, ela ouve o rugido do potente motor de um avião.

Ela chega a uma clareira. Senta-se num toco de árvore. Agarra a relva, sente o solo frio com seus dedos.

Depois ergue uma grande pedra do chão e a coloca em seu colo. A pedra é pesada, tocá-la faz bem. É tão maciça. Tão sólida.

Ela tem a sensação de erguer toda a noite junto com essa pedra. Todo o mundo. E a sensação de arrastar uma perna dormente...

Eu sou o mundo...

Jenny não está bêbada. Está doente. E agora está totalmente sóbria.

Eu vou morrer, pensa Jenny. Mas sou mais do que um

"hóspede na realidade" que se perdeu pelo caminho: *sou* a realidade.

As negras copas das árvores desenham-se como vagas sombras contra o céu escuro. Quando ficar ainda mais escuro, ela não vai mais poder distinguir entre a terra e o céu.

Eu não estou presente num mundo qualquer. Eu sou o mundo.

Ela diz em voz alta para si mesma: *eu sou o mundo*.

Isso ela já tinha pensado antes. Que o mundo era um mistério. Um enigma. E que esse enigma tinha algo a ver com ela mesma. Mas agora — agora era mais do que apenas um pensamento. Agora era uma descoberta tão arrebatadora, que ela podia jurar que era isso.

Uma vaga sensação de simpatia por tudo o que existia também já lhe havia acometido antes. Algumas vezes era simplesmente o vinho a fonte desse sentimento. Mas ela nunca conseguira se libertar totalmente da impressão de que era um ser arbitrário que viera parar numa realidade igualmente arbitrária. O abismo entre ela própria e todos os outros era intransponível.

Esse mundo que existe, pensou Jenny agora, este mundo que é o meu ao mesmo tempo não é meu. Ele *é* eu. Ele sou eu.

Que difícil e doloroso caminho ela tivera que percorrer para chegar a essa simples descoberta! Haveria nesse mundo alguma verdade mais evidente? Era possível enganar a si mesma com um pensamento tão simples?

Esse pensamento não era infinitamente mais simples do que toda a mitologia cristã com sua tradição milenar de duplicar a realidade?

Eu sou tudo o que existe. Sou o que apenas em momentos extremamente raros pode ser vivenciado como totalidade. Como uma pessoa.

Nesse momento, ali sentada, ela parecia personificar toda a realidade.

Acima das árvores, as estrelas brilham como pontudos

alfinetes espetados na noite. Sua luz se estende como fios esticados entre o céu e a terra. Dessa forma, parecem sustentar o Universo.

Jenny tira a pedra de seu colo e a coloca de volta no chão.

Alguma coisa parece erguê-la do toco onde está sentada. Ela não se levanta por si mesma, mas sente seu corpo se erguer. De repente, algum impulso a eleva para o alto. Uma pressão debaixo dela.

Ela anda alguns passos. Mas não sente o próprio peso. Pois ela não é só ela mesma. É o solo também. E o solo é como uma perna dormente.

Ela tem a sensação de caminhar sobre a água. Abaixo dela, o mar, e por todos os lados, o mar. Mas esse mar que ela sente sob os pés, essa profundidade que a sustenta — é um mar, uma profundidade em si mesma.

Uma parte de seu eu parece sair de si — e ser absorvido por algo maior. Assim, de alguma maneira, ela desaparece, não está mais aqui. Parece perder a si mesma, como uma gota se perde quando encontra a superfície da água.

Jenny não é mais. E ao mesmo tempo ela é o todo. Como uma gota no mar *é* o mar, e não apenas uma gota.

Jenny não sente mais seu próprio peso, mas ao seu redor sente a matéria do mundo. O corpo do mundo.

As árvores, as estrelas, o toco onde ela estava sentada. O bosque ao seu redor. Tudo está junto, tudo é um. Apenas a superfície é diferente.

As formas ao seu redor são como pequenas ondas na superfície de um oceano. Abaixo de tudo está a pressão de uma profundeza que impele tudo para cima. A pressão de um abismo sem fundo, de uma escuridão da qual emana a luz, de um buraco negro tão cheio que já está vazio outra vez.

Antes Jenny era apenas uma superfície agitada. Agora é também a profundeza pesada, densa e silenciosa debaixo dela.

Agora as ondas na superfície se acalmaram.

Assim como as árvores à sua volta se erguem e se elevam, ela também está nessa paisagem. Exatamente assim, *ela é* essa paisagem.

Assim como ela sente os polegares de suas mãos, sente também a paisagem ao seu redor como se fosse seu próprio corpo.

A mesma força vital que corre em suas veias flui também como seiva no tronco das bétulas. E tudo, árvores, estrelas, toco de árvore, relva, o solo sobre o qual está e ela mesma — isso tudo é *uma* consciência, *um* espírito.

Ela sente que a consciência escorre dela e se esvai, desaparece. Ao mesmo tempo, ela se sente rodeada de consciência, envolvida por uma corrente quente e viva de consciência.

Grande Deus!, pensa Jenny. Grande eu!

Tem a sensação de ter sido arrancada do tempo.

Tempo?

Palavras como tempo e espaço não fazem sentido. Agora Jenny não está mais no tempo. Está fora do tempo e do espaço.

O que ela vivencia não dura segundos *ou* anos: dura segundos *e* anos. E mais do que isso e menos do que isso.

O mundo, o mundo cotidiano de Jenny, é uma concha da qual ela escapuliu.

Ela é preenchida por uma indescritível sensação de felicidade. Agora não tem mais nenhum desejo, agora não quer mais nada. Não que *tenha* tudo o que pode desejar, mas porque *ela é* tudo isso.

— Buda — ela murmura. — Nirvana...

E, então, tudo volta ao estado anterior.

As árvores são árvores novamente, pedras viram pedras, o toco sobre o qual ela se sentou é um toco de árvore no bosque, as estrelas recolhem seus dedos esticados em milhares de anos, e Jenny Hatlestad está indo a Oslo para morrer.

Ela sente dissipar-se o calor que agora mesmo a envolvia. Restou apenas um mundo consumido pelo fogo, um mundo de frias cinzas.

Impossível descrever o que ela vivenciou. Mas está convencida de que viveu algo real e palpável.

Dessa fria noite de abril, o que fica é uma descoberta totalmente nova, uma verdade da qual ela nunca mais vai duvidar.

RISADAS

Jenny segue a trilha para fora do bosque e volta ao aeroporto. Pela primeira vez depois de catorze dias, ela sorri. Não é exatamente um sorriso feliz, mas um sorriso maroto, travesso.

Ela quase começou a rir alto. Por um triz não soltou umas gargalhadas. Como se tivesse acabado de entender uma piada.

Na verdade, ela descobriu uma nova dimensão. Viu que dentro da caixinha chinesa há uma outra caixinha. A caixinha com o ouro. Viu que a boneca russa guarda outra dentro de si. A boneca que ri e faz pequenas piruetas. Descobriu a figura escondida no desenho.

Quando andava pela cidade, Jenny estava tomada pelo medo da morte.

Faça com que isso seja um sonho, ela pensava. Faça com que seja um pesadelo do qual ainda posso acordar. Mas ela não acordara, já estava bem acordada há muito tempo.

E, mesmo assim, depois ela teve um despertar.

Jenny estava acordada quando saiu do aeroporto. Estava bem acordada desde que abrira os olhos de manhã cedo em sua casa em Åsane. Mas aqui no bosque de bétulas ela despertou novamente. Agora estava duplamente acordada. Toda sua vida lhe parecia um sonho.

O encantamento passara. A ilusão de ter sido condenada à morte se desfizera.

A vida que ela vivera até então era como uma ingênua história em quadrinhos, na qual a realidade aparecia dividida em quadros separados. Agora tudo havia se fundido novamente. Os quadros haviam sumido. Tudo se tornara uma totalidade. Um fluxo, uma consciência, um eu...

Jenny fora vítima de uma ilusão. Passara sua vida numa casa de espelhos. Havia representado seu papel numa comédia burlesca. Mas agora, agora o grotesco sonho acabara.

Não estava mais presa num corpo com câncer. Pois o que tão solenemente denominava "eu" não era seu eu verdadeiro. Era apenas um eu-superfície, um eu-ilusão, um eu sonhado que se dissolvera no mesmo instante em que ela despertara.

Seu eu verdadeiro, seu eu mais íntimo, esse não fora condenado à morte. Ele não morreria, assim como a floresta não morre quando uma árvore é derrubada.

Jenny não nasceu em 1º de março de 1947, em Bergen. Jenny não tem trinta e seis anos. Jenny sempre existiu. Sempre existirá Jenny.

Agora, quando olhava para as estrelas sobre as copas das árvores, elas não estavam mais tão distantes. Agora elas confirmavam a própria dimensão de Jenny. Pois ela *era* as estrelas, e ela *era* o solo sobre o qual estava.

Por que Jenny deveria ter medo da morte?

Ela era a realidade!

Como ela não havia percebido isso antes!

Por que os outros não percebiam isso também!

Contudo, seria inútil contar às outras pessoas. Elas caíam na rede muito facilmente, estavam apaixonadas demais pela ilusão. Ainda estavam fechadas no círculo do encantamento, estavam presas demais em seu próprio ego, em seu pequeno, pobre e perdido "eu".

Jenny, porém, nada tinha a perder. Para ela não era difícil se soltar. Nesse sentido, ela estava melhor do que quase todos.

Ela estava na última fronteira do mundo. Ela quase havia alcançado o ponto zero. E era preciso passar por ele para poder ver o novo céu e a nova terra.

Ela *era* o mundo.

A frase mais simples do mundo. A afirmação mais natural do mundo. E mesmo assim — tão impossível de ser transmitida a outros.

O que eram palavras em comparação com esse raio letal de consciência? Sim, pois Jenny, Jenny estava morta Ela morreu naquele bosque. Como a gota morre quando beija o mar.

Mas era uma morte que triunfava sobre a morte. A morte no bosque de bétulas tornava a morte física um problema ainda mais insignificante do que engolir um comprimido de vitaminas.

Ela perdera a si mesma. Jenny Hatlestad. Agora ela podia ficar tranqüila. Agora era tarde demais para morrer.

Jenny vivenciou algo que ninguém mais podia lhe tirar. Contudo, não era uma experiência particular.

Particular!

A palavra lembrou-a de sua antiga realidade em quadrinhos. Uma palavra do mundo do Pato Donald.

Isso aqui era algo universal. Era algo elucidador, evidente, válido para todos. Afinal, não estava ali inteiramente aberto e acessível a todos?

O segredo era o próprio dia. A realidade. O Universo. O corpo do mundo.

Pela segunda vez nessa noite, Jenny Hatlestad dirige-se para o aeroporto. Dessa feita, porém, ela não está de cabeça baixa. Anda com a cabeça bem erguida. Orgulhosa.

Acima do baixo edifício do setor de embarque, ela vê um alvoroço cintilante de estrelas, como centelhas de um fogo que foi aceso há quinze bilhões de anos.

Toda sua vida, Jenny observara o céu e as estrelas sem compreender o que via. Sem *querer* compreender.

Ela lera uma dúzia de livros sobre galáxias, nebulosas espiraladas e supernovas. Sobre gigantes vermelhas, anãs brancas e buracos negros. Por tudo isso se interessara. Como outros se interessavam por moedas antigas ou selos carimbados.

E, no entanto, seu interesse pelo Universo não fora totalmente um acaso. Sem se aperceber disso, há vinte anos ela já estava na trilha de sua experiência no bosque de bétulas. Ela sempre trouxera consigo uma ânsia por totalidade e harmonia.

Há algumas horas, ela ainda era uma química doente de câncer que havia rezado por uma morte suave. Agora via aquilo pelo qual havia rezado, lá em cima na noite cósmica sobre o aeroporto de Flesland. Bilhões de anos antes de ter se voltado de mãos postas para o céu, a resposta à sua prece já estava a caminho.

Jenny também é uma centelha desse fogo. Ela é da mesma matéria das estrelas. Ela também é pó estelar.

Outrora, a matéria do mundo era um só corpo. Então foram lançadas fibras desse corpo na direção de todos os pontos cardeais.

Jenny é uma totalidade fragmentada, uma deusa dilacerada. Foi ela quem explodiu há quinze bilhões de anos. Naquele tempo, ela se partiu em muitos pedaços. E essa noite ela encontrou o caminho de volta para si mesma.

MÁSCARAS

O setor de embarque fervilha de pessoas importantes. Turistas de Páscoa e rígidos homens de negócios. Mesmo nesse vôo noturno, os homens de negócios estão em maioria. Pingüins com suas maletas de executivo.

Jenny olhou para eles.

Homens tolos, pensou. Ela tremia debaixo do sobretudo.

Jenny estava sozinha entre o céu e a terra. Ela e aqueles homens tolos não tinham nada a dizer uns aos outros.

O que a assustava era que ela não se sentia sozinha.

Eles tinham alma?

Tinham alma aquelas figuras que andavam apressadas para lá e para cá, mecanicamente, como nos filmes mudos?

Oh, não, pensou Jenny. Elas não têm alma. Não têm mais alma do que uma só formiga num formigueiro. Elas *são* alma. Assim como a figura de um sonho não *tem* uma alma, mas *é a alma* de quem sonha.

No setor de embarque não estavam duzentas almas. Havia muitas máscaras, mas por detrás de todas as máscaras havia um eu indivisível. Todos ali eram representantes de uma única e mesma alma, uma alma que, em seu afã míope, não conseguiam ver. Eles *eram* algo de cuja existência pareciam não ter a menor idéia.

Jenny observava todas as figuras com os olhos semicerrados e, em cada um e em cada uma, via a mesma. Eram todas da mesma estirpe.

E, então, mais uma vez acontece algo com ela. Mais uma vez realiza-se nela uma transformação.

De repente, ela se enche de compaixão por aqueles muitos homens tolos girando ao seu redor num único e denso redemoinho de fome de viver.

Dói tanto ver como se esforçam, como se agarram ao seu próprio eu. A seu eu-superfície. Seu ego. Seu eu-ilusão.

Para que essa pressa?, pensa Jenny. Simplesmente se soltem.

Se vocês mesmos se soltarem, ganharão tudo. Mas antes vocês precisam passar pelo ponto zero. Primeiro precisam morrer, engolir a inócua cápsula de vitamina.

Quem quiser salvar sua vida, precisa perdê-la... A semente cai no solo e morre...

Como ela gostaria de ter parado uma dessas pessoas e contado a ela sobre sua descoberta. Mas para ela seria difícil bater no ombro de um executivo passando apressado com seu guarda-chuva e sua maleta, olhá-lo no fundo dos olhos e perguntar:

— Desculpe, mas por acaso você sabia que você é a realidade, que você é Deus?

— Como disse?

— Você não é um componente casual da massa, um mero número na série...

— Como? Casual? Não, de fato não entendi.

— Você é tudo. Você é o Universo, de A a Z.

— O que você está dizendo?

— Você não é apenas um hóspede na realidade. Você *é* a realidade...

— Hã? Sim, talvez de certa forma. Soa bastante original...

— Mas você é vítima de uma ilusão que o rasga em pedaços e o separa de si mesmo.

— Hã... Ouça, agora preciso fazer o *check-in*.

E, então, ela avistou Anders Løvstakken atrás de seu guichê. Ele ergueu os olhos para ela, e agora ela retribuiu com seu sorriso terno... Esta noite ele ainda vai poder falar com ela, mas não da forma como imagina.

Ela atravessa o setor.

— Você planejou bem seu tempo de espera, Jenny...

Jenny. Ela estremeceu quando ouviu seu nome mais uma vez. Tão normal e evidente.

— Fui dar uma volta.

— Estou vendo. Não quer limpar seu sobretudo?

Ela esquecera completamente. Mas isso a faz lembrar-se de algo.

— Quero sim, Anders. E eu vivi uma coisa estranha...

— O quê?
— Bem, eu disse que estava indo para Helsinque...
— Certo. SK 484, amanhã, 11h05, de Oslo.
Como ele era curioso. Mas isso já não tinha mais nenhuma importância.
— Eu não vou para Helsinque. Vou para Oslo, para morrer lá.
— O que você está dizendo?
— Você ouviu bem, mas não faz mal. Não tem mais importância. Eu morri lá fora no bosque de bétulas...
— Você sempre foi um pouco engraçada, Jenny. Agora não sei muito bem o que pensar disso. Para falar a verdade, você está me parecendo um pouco tensa demais...
— Sabe, tive a sensação de me perder de mim mesma, de certa forma desapareci. Ao mesmo tempo, eu *era* tudo o que me rodeava... De repente, eu era Deus!
— Escute, está tudo bem com você?
— Sim e não. Mas isso não tem mesmo nenhuma importância, sabe? Você também não está são de verdade. Num piscar de olhos você já vai ter desaparecido. O tempo passa, e você vai desaparecer.
— Mas tão depressa assim não vai acontecer. E de resto está tudo muito bem comigo.
— Disso eu não tenho inveja.
— Do quê?
— Não estou mais com inveja de você porque você está bem.
Por que era tão difícil? Como ela gostaria de fazer alguém participar da descoberta que tanto lhe custara. Mas em vez disso ela se enredava numa conversa completamente frustrante com um homem que, no fundo, mal conhecia.
— Jenny, agora escute um pouco. Por que você não adia essa viagem para Oslo? Posso pegar sua bagagem de volta. Você pode voar amanhã ou quando quiser. Mas antes venha comigo. Eu moro aqui perto, em Blomsterdalen. Vamos tomar uma garrafa de vinho. Eu... eu tenho também um bom uísque, um Chivas Regal.
— Ah, não, Anders querido, isso não vai dar.

Por um segundo, ela se sentiu tentada por esse jogo infantil.

— Então acredite que estou um pouco tensa demais. Vou fazer uma longa viagem agora. Eu... eu vou realmente para esse congresso em Helsinque. Tenho que dar uma palestra amanhã à noite.

— De repente me ocorreu que você não marcou seu vôo de volta de Oslo para Bergen...

— Quinta-feira vou tomar um avião para Moscou. Fico uma semana lá e depois vou com a Aeroflot para Irkutsk. De lá viajo de trem pela Mongólia. Eu... eu vou até Pequim.

— Para Pequim? Verdade?

— Um amigo meu...

— Então você tem alguém...

— ... é diplomata na Embaixada da Noruega em Pequim. Ele organizou uma viagem para o Tibete para mim. Quero viver lá um tempo para estudar o budismo.

— Espera um pouco, você está brincando?

— Vou morar num mosteiro. Nos últimos tempos andaram me acontecendo coisas. Eu me considero budista.

Como era fácil mentir! E, no entanto, o que ela estava contando não era menos fantástico do que a verdade. E, em certo sentido, ela também estava dizendo a verdade. Numa linguagem que ele podia entender.

— É, eu já tinha pensado numa coisa assim. Já tinha notado que você está falando por enigmas...

— Ouça, Anders. No Tibete vive um pastor. Neste momento, ele está derramando um litro de leite de cabra num grande balde de cobre...

— E...?

— Você não sente que também está lá um pouco? Você não sente que é uma parte desse montanhês e ele uma parte de você?

Ele levantou o olhar. Agora ele estava um pouco irritado.

— Sua vida deve andar meio chata. Por algum motivo, você está se divertindo em me fazer de bobo... Já sei: o teatro!

— ?

— Por acaso você esqueceu que fez o papel de Aase? E eu de Peer Gynt? Ha ha... a virtude de Aase...

— Eu...

— Mas, como já disse, já faz algum tempo... O que você me diz da minha proposta de só voar amanhã? Amanhã cedo tem um avião para Oslo às 9h20. Com conexão com um vôo para Helsinque. Ainda tem trinta e dois lugares. Eu... eu olhei no computador.

— Vou ainda mais para o leste do que você imagina, Anders. Vou ao encontro do sol nascente. Estou a caminho do país do qual vem a luz. O próprio país é escuro como a noite. A terra também é escura. E mesmo assim crescem flores de todas as cores do arco-íris. Não é estranho? Você já tinha pensado nisso?

Aqui ela foi interrompida pela chamada de seu vôo.

"SK 328 for Oslo, gate number 5."

— Boa sorte, Anders. Tenho a sensação de ter partilhado algo da minha vida com você.

Ele ergueu os olhos para ela mais uma vez. Agora ele parecia estar quase com medo. E ela acrescentou:

— Um dia você vai entender melhor essa conversa. Talvez ainda no outono, mas com certeza antes do Natal.

Ela enfatizou cada palavra. Mas tudo isso o deixou ainda mais confuso.

— Espere! Você é realmente importante para mim, Jenny! Eu fico aqui cinco dias por semana. É só você ligar para a SAS!

CENTOPÉIA

Jenny desliza para o meio da multidão e se mistura com ela. Ela sente o calor de seus semelhantes ao seu redor. E isso faz bem.

É como se visse a si mesma em todos os outros, sim, em cada um deles.

Ela não é mais apenas ela mesma. Agora é também o rígido homem de negócios com sua maleta de executivo. É a jovem mãe carregando seu bebê numa faixa. É a criancinha que terá dezessete anos no ano 2000...

Agora Jenny está em Oslo. Está em Helsinque, está na Praça Vermelha em Moscou, caminha até a estação de Irkutsk, anda de bicicleta pela Praça da Paz Celestial em Pequim, está na frente de uma janela do palácio Potala em Lhasa...

Mil imagens, impressões e situações tremulam como um mosaico vivo diante de seu olho interno. Instantes de vida humana. Como uma avalanche irrompem sobre Jenny...

Jenny está passeando em Landås com o triciclo. Jenny é crismada. Jenny se casa. Jenny dá à luz uma criança.

Jenny despe as luvas de borracha após uma cirurgia no coração. Ela ara a terra pobre com um arado de madeira puxado por bois. Sai do módulo de aterrissagem e é o primeiro ser humano a pisar na Lua...

Jenny é um açougueiro em Chicago, um pastor na Síria, um mineiro na África do Sul e um especialista em computadores em Tóquio...

Ela é fazedora de chuva na África, xamã na Sibéria, imã na Tunísia, padre em Turim, pastora em Åsane, astrofísica em Berkeley, lama no Tibete...

Sim, ela pensa feliz. Eu sou tudo isso. Não vivo apenas a minha própria vida.

Ergue a cabeça para olhar para a fila que se formou no aeroporto em frente ao portão 5.

Aqui estou eu, ela pensa. Tudo isso sou eu.

Eu sou uma centopéia... Uma centicéfala.

Assim, depois que eu sumir, ainda andarei pelo mundo durante muito, muito tempo.

Ela mostra seu cartão de embarque e vai para o avião.

Bodvar Viking.

Também Jenny já foi um viking. Ela ofereceu sacrifícios a Freya. Ela adotou a crença dos sacerdotes de Cristo.

Hoje ela não usa mais barco ou cavalo como meio de transporte. Hoje Jenny anda de avião.

Ela construiu essa máquina que faz sulcos nas nuvens

do céu como um arado. Seus pais deveriam vê-la agora. Bodvar Viking e Gudrun Frøysdottir em Bjørgvin.

Orgulhosa como uma rainha, ela entra no avião.

Sorri radiante para a aeromoça, que lhe retribui com um sorriso SAS profissional.

Jenny tem a sensação de estar sorrindo para sua imagem no espelho. Acredita conhecer essa aeromoça melhor do que a si mesma.

"Boa noite, senhores passageiros. O comandante Andersen e sua tripulação lhes desejam as boas-vindas a bordo deste DC-9 com destino a Oslo. O nosso tempo de vôo será de trinta e cinco minutos.

"Pedimos que leiam atentamente o folheto com as instruções de segurança que se encontra no bolso da poltrona à sua frente. As saídas de emergência estão sinalizadas com a palavra EXIT. Os coletes salva-vidas encontram-se embaixo de seus assentos. Sua bagagem de mão não pode ser depositada no corredor.

"Por favor, prendam seus cintos de segurança. Desejamos a todos uma boa viagem."

O avião dirige-se para a pista norte. Então, o motor do poderoso monstro começa a rugir, o avião acelera e finalmente levanta vôo.

Jenny está feliz.

Lá embaixo ela vê as luzes de Hjellestad e Milde, Legoland. Milhares de minúsculas casinhas à beira-mar numa península entre Bergen e Hängen.

Pois bem. Adeus, Bergen!

Agora apenas dores esperam por ela.

DISSOLUÇÃO

Nos últimos tempos, muito se falou e escreveu sobre o outono. E não sem razão — neste ano ele está realmente batendo recordes.

As maçãs pendem dos galhos como pesadas gotas e caem no chão sem se espatifar. Precisamos somente levá-las à boca. Moitas e arbustos derramam groselhas e framboesas em profusão. Apenas precisamos segurar os potes de conserva debaixo deles. As folhas se desprendem das árvores numa chuva melancólica e se deitam nas ruas como um frouxo cobertor. Atravessamos um mar de pinhas e nozes que brotam alegremente pela cidade.

Onde é que isso tudo vai parar? A natureza parece se dissolver. Nada se liga mais a nada.

Eu também não.

Cabelos e unhas crescem mais depressa do que antes. Num mês já me tiraram dois dentes. E meu coração parece não estar mais tão firme no peito.

Neste momento, coço a casquinha de uma antiga ferida, descubro cuidadosamente a pele virgem — e eu mesmo sou um pouco outono.

TEOBALDO E TEODORO

I.

Teobaldo era uma personagem de romance que não queria mais se submeter à imaginação de seu autor. Teobaldo queria cometer atos com os quais o autor nem sequer sonhava. Queria usar palavras que não existiam no vocabulário do autor. Se conseguisse isso, sua servidão sob o domínio do escritor teria um fim. E ele seria uma personagem livre.

A partir da página 112 do romance (que termina de forma inesperada no meio da página 467), Teobaldo começa a trabalhar num plano audacioso.

Até então o autor colocara suas próprias palavras e expressões na boca de sua personagem, sem nem ao menos tentar desenvolver a autonomia dessa figura. Mesmo nos mais insignificantes detalhes, a personagem estava totalmente à mercê dos caprichos do autor. O herói do romance sempre tinha que se comportar exatamente como o autor havia imaginado, ele nunca chegava a ser mais que um pseudônimo para a consciência do autor.

Agora era a hora de se libertar. Teobaldo estava firmemente decidido a isso. Agora ele queria escapar à influência do escritor, queria agir sozinho em plena clandestinidade e desconsiderar por completo os planos do autor —

sobretudo quando não era possível conciliá-los com sua consciência moral.

Agora era a *sua vez* de exercer influência sobre o autor!

Já na página 87, Teobaldo descobriu que é uma personagem de romance.

Sim, pois Teobaldo não é uma dessas personagens banais que vão levando sua vida de página em página sem dar uma espiada para fora do livro de vez em quando e pensar sobre o fato de serem personagens de ficção. Ele não é uma dessas reles figuras de papel que nascem na página 13 e morrem na página 411 sem desenvolver, ao menos uma vez no decorrer das quatrocentas páginas do romance, uma consciência de seu lugar no Universo.

Teobaldo é uma dessas personagens extremamente raras que atingem uma consciência de si mesmas e da obra à qual pertencem. Ele "sabe" que sua vida se passa num livro feito de papel e tinta. (Num capítulo realmente emocionante, é revelado ao leitor o doloroso e extenuante processo dessa descoberta. Afinal quem é que quer ser uma personagem de romance!) Teobaldo, mal tendo descoberto sua natureza fictícia, já se ergue em protesto e revolta contra o autor.

— Eu me recuso a ser sua marionete — ele finalmente brada contra os céus na página 112.

— Não vou tolerar essa manipulação! É absolutamente humilhante ser uma mera sombra no romance, uma fantasia do escritor desprovida de qualquer poder!

E, mais adiante, bem ao pé dessa página central do romance, lê-se:

— De agora em diante, quero viver a minha própria vida!

Teobaldo sonhava com o impossível: um dia surpreender o autor quando este estivesse escrevendo e dizer algo que o chocasse tanto, que, de susto, ele caísse da cadeira!

Se mostrasse destreza, ele poderia agir às escondidas e fazer algo bem diferente do que o autor havia imaginado, talvez até mesmo exatamente o contrário. Seria um verdadeiro número de acrobacia! Ele poderia suplicar à pena que agora seguisse os *seus* desejos, então a pena não correria mais pela mão do escritor, e sim pela do próprio Teobaldo. Ele sonhava em se aproximar furtivamente do mestre e gritar algo em seus ouvidos que fizesse o autor voar pelos ares. Então ele deveria se atirar pela janela, uivar para a Lua ou bater a cabeça contra a parede! Este seria o momento em que o escritor se encontraria em poder de Teobaldo, e não o contrário. Totalmente à mercê de seu herói Teobaldo, o escritor de certa forma se tornaria ele mesmo uma personagem — e Teobaldo, o autor. Era isso o que premeditava a personagem do romance.

II.

Naturalmente, o escritor sabia dos anseios de sua personagem. Teodoro podia, por exemplo, enquanto embebia a pena no tinteiro, deitar a cabeça para trás e dar boas risadas das intenções paradoxais de Teobaldo.

É claro que uma personagem de romance apenas muito dificilmente pode esconder algo de seu autor. Não há pensamento, não há movimento de mão que escape à atenção do mestre. No entanto, o autor se divertia com o engenhoso plano de sua personagem. Esse plano o instigava até quase as raias da loucura. O que é compreensível, se considerarmos que o plano provinha dele mesmo. E que ele passava dias, meses e anos de sua vida pondo esse plano em prática.

Já havia algum tempo, Teodoro andava preocupado por se comportar de forma excessivamente autoritária perante suas personagens. Com isso, ele não podia desenvolver uma relação pessoal com elas, e só em raras ocasiões conseguia aprender alguma coisa desse contato — sua influência simplesmente não tinha limites. Agora ele sonhava com o momento em que soltaria as rédeas e observaria o jogo autônomo das figuras no universo do romance.

Para que Teodoro pudesse ter alegrias com suas personagens, elas tinham que romper os limites da fantasia do escritor. Era preciso que, de certa forma, elas se soltassem dentro dele, fossem sacudidas para fora de seu cérebro pegajoso e postas em liberdade.

Teodoro não era apenas um romancista fracassado; era também um homem solitário que sonhava encontrar um bom amigo.

III.

Assim, ambos andavam às voltas com essa idéia, cada um de sua perspectiva. Finalmente todo o romance passou a girar em torno do ponto arquimediano que a personagem teria que encontrar, se quisesse pôr em xeque o poder do autor.

Teodoro escrevia uma página depois da outra. A maioria delas totalmente ilegível, mas também tamanho não faltava ao romance. Contudo, aqui e ali encontravam-se passagens absolutamente surpreendentes. Com todos os malabarismos literários possíveis de imaginar, agora Teodoro esperava que algo fantástico acontecesse.

Mas Teobaldo ainda não podia mexer um só dedo sem que Teodoro tivesse ordenado que isso acontecesse. Ele ainda não utilizava nenhuma palavra que não existisse no vocabulário do autor, e todos os pensamentos de Teobaldo também já eram inteiramente familiares ao escritor. Mas, entrementes, muito do que a personagem dizia ou fazia estava totalmente à margem daquilo que Teodoro conseguia imaginar. E Teobaldo tinha a sensação de estar se aproximando do mais longínquo horizonte de sua fantasia.

Teodoro empenhava-se em dar livre curso à sua personagem. Ele se esforçava ao máximo por se libertar de todos os pensamentos antes de se sentar à escrivaninha — e por estar o mais aberto possível às iniciativas de Teobaldo. Ele começou a dar ouvidos à sua personagem: o que Teobaldo está dizendo? Quem é que mora lá no fundo dele? O que ele quer de mim? Ele tentava ver sua obra antes de descrevê-la. O que ele está fazendo? Para onde está me levando?

Perto do final do romance, por vezes os dois lados encontravam-se sob tamanha tensão, que nos momentos de criação ouvia-se o papel crepitar como que enfeitiçado.

O processo de criação do autor emancipou-se, tornando-se uma espécie de escrita automática. Teobaldo começara a falar com Teodoro usando a pena como instrumento para fazer a intermediação entre o universo do escritor e o seu próprio. Logo, Teobaldo começou a cometer ações enigmáticas, cujas origens provavelmente se ocultavam no fundo do subconsciente de seu autor.

No final, Teodoro estava tão impressionado com a vontade própria de sua personagem, que no momento de escrever ficava como que hipnotizado ou em transe profundo.

Sua própria criatura o havia hipnotizado.

Agora não era somente o escritor que via a personagem. Agora a personagem também via o escritor. Teodoro obedecia a Teobaldo assim como Teobaldo a Teodoro.

Faltavam apenas alguns segundos para a grande virada. Em breve aconteceria uma explosão, em breve a personagem pularia para fora da obra e dominaria Teodoro com uma idéia inteiramente nova, com uma idéia revolucionária, com palavras que não eram as do autor, mas as palavras da personagem do romance.

Ninguém sabe ao certo o que aconteceu então. Contudo, o que se ouviu dos vizinhos é que, uma noite, o homem deu um pulo de sua escrivaninha e começou a bater a cabeça contra a parede.

— Era isso! — ele exclamou. — A virada aconteceu na página 467. Consegui!

Já havia algumas horas que ele estava de pé encostado na parede quando o médico da cidade foi buscá-lo.

Levaram-no imediatamente para a clínica. O diagnóstico: amnésia. Talvez ele nunca mais se recuperasse...

IV.

Desde o dia em que bateu sua cabeça contra a parede, até sua morte trinta anos depois, Teodoro viveu acreditando que era uma personagem de romance.

Ele se considerava a figura central de um romance que tratava de loucos num manicômio. Repetidas vezes, ele se dizia o porta-voz do autor nesse romance. E embora o manicômio representasse apenas uma ínfima porção do universo do romance (fato para o qual Teodoro sempre chamava a atenção), fora ali que o autor se revelara.

O autor nunca se cansava de contar aos médicos, enfermeiras e visitantes que eles viviam suas vidas na cabeça de um grande escritor.

— Tudo o que dizemos ou fazemos se passa num mundo fictício por detrás das palavras de um romance cósmico — dizia Teodoro. — Acreditamos ter uma existência própria. Mas isso é uma ilusão. Todos somos o autor. Nele todos os opostos se anulam, nele somos todos um só. Nós nos consideramos verdadeiras, com todas as personagens de romance é assim. Mas essa crença é falsa. Teobaldo sabe disso. Pois moramos em sua sagrada fantasia...

Ele se diverte, caras companheiras de romance. Ele se diverte, porque está confortavelmente sentado lá em cima na realidade e pode ficar imaginando que imaginamos que somos de verdade.

Mas também o que estou revelando a vocês, o fato de sermos criaturas imaginadas pelo autor, também isso é um produto de sua imaginação...

Nós não somos mais reais. Não somos mais nós mesmos. Somos palavras. E o mais racional seria nos calarmos. Mas não somos nós que decidimos se falamos ou nos calamos. Apenas o autor tem poder sobre o que sai da nossa boca...

Teodoro contou àqueles que o ouviam sobre um deus oculto que os observava, mas que não podia ser visto por eles — justamente porque eles eram uma parte da sua consciência.

— Somos como imagens fugidias numa tela de cinema. E a tela não pode se defender dos operadores do cinema...

Apesar de sua evidente perturbação mental, o solitário homem fundou na clínica uma escola filosófica própria. Não demorou muito apareceram alguns discípulos. A maioria desses discípulos provinha da instituição, mas pouco a pouco escritores e pensadores de todas as partes do mundo passaram a seguir a doutrina do autor. Todos compartilhavam da visão de seu mestre: *a vida é um romance e o mundo, uma ilusão.*

Logo após a morte do mestre, a escola dividiu-se em duas correntes principais: de um lado, estavam aqueles que consideravam a vida um romance no sentido mais verdadeiro da palavra, como história em letras impressas sobre o papel, com um começo e um fim. E havia os mais moderados, representantes da escola alegórica, que se contentavam em afirmar que a vida *é como* um romance. Evidentemente as duas correntes estavam convencidas de estar interpretando a doutrina do mestre de forma correta.

V.

Somente muito tempo depois da morte do escritor é que se descobriu o manuscrito do romance. No começo, ele causou certo efeito no meio da instituição, mas logo o interesse se dissipou.

Uma seqüência de acasos veio trazer esse extraordinário manuscrito até minhas mãos. De tempos em tempos, eu o pego para dar uma folheada; mais ou menos com a mesma freqüência com que leio a Bíblia.

Vejo semelhanças entre os dois escritos, talvez seja um parentesco fenomenológico, talvez um vínculo genético. As duas obras se fundamentam numa inspiração arrebatadora cuja origem está fora do Universo.

* * *

No final (na página 467, portanto), a personagem principal diz com "voz retumbante", como se pode ler:

— Agora, querido autor, chegou a hora da verdade. Vamos inverter os papéis!

O caminho, para mim, levou para dentro de você, pois eu habitei as profundezas de sua alma. Com o romance que colocou no papel, eu me dei a conhecer a você e a esse mundo...

De agora em diante, vive no meu espírito. Escarnecerão de você por causa de meu nome. Irão tomá-lo por louco, por idiota, do qual o mundo pode rir; mas você será o primeiro a ver através do véu da ilusão.

Coragem, meu filho! Farei de você um apóstolo da verdade num mundo que não crê em mais nada, num cosmo que não conhece seu criador, sim, num romance, querida personagem, que não quer saber nada de seu autor.

Agora vá e bata a cabeça contra a parede, como está descrito na página 278. O resto acontecerá por si mesmo.

Seja forte, meu filho! Onde estiver, estarei também. Pois você vive e existe e se movimenta em mim. Sua vida e seu destino estão selados com a minha vontade.

Aqui termina o romance. No final da página 467, em elegantes caracteres, está escrita a palavra FIM.

UM PASSO ATRÁS

Um dia serão descobertas metrópoles em outro planeta. Habitadas por milhões de seres inteligentes. Com arranha-céus de setenta andares e uma sofisticada rede de trens elétricos circulando por diversas linhas subterrâneas...

O que diríamos sobre isso?

Um dia me dei conta de que Nova York é uma dessas cidades. E a Terra um tal planeta.

Caçar fantasmas pode ser um teste de paciência. E, então, constatamos que nós mesmos vagamos como espectros...

No espelho da parede, vemo-nos passar sorrateiros na penumbra, vemos que nós mesmos somos os seres enigmáticos que queremos caçar.

É como uma série de experimentos fracassados de percepção extra-sensorial: mas se pelo menos um único experimento convincente, em vez de vagos relatos ou estatísticas forçadas, pudesse provar a existência da telepatia. Isso sem falar no nosso desejo por uma perna de mesa pulsante ou um copo que flutuasse solto no ar sobre o tampo da mesa.

Talvez, então, déssemos um passo para trás. Pois teríamos que reconhecer que nós mesmos somos o mistério. Somos piores do que copos flutuantes e mesas pulsantes. Nós existimos*!*

Não vemos anjos ou discos voadores, vemos nossas próprias naves espaciais. Não vemos marcianos, vemos a nós mesmos.

O CRÍTICO

Não era uma tarefa corriqueira a que esperava pelo crítico de arte quando foi chamado à sala do editor. Aquele breve encontro marcaria o resto de sua vida.

O editor, um homem atarracado da mesma idade do crítico, fez um sinal para que ele se sentasse numa das poltronas amarelas de couro em frente à escrivaninha. O crítico sentou-se, e o editor o examinou pensativo. Sem dizer nada, empurrou para o lado uma pilha de papéis que estava sobre a escrivaninha, folheou rapidamente alguns documentos e foi até a janela. Ali ficou parado por alguns instantes olhando para a cidade.

— Você visita museus e galerias já há tantos anos — disse. — Os seus artigos têm provocado debates sobre a experiência artística e o sentido da arte... — Neste ponto, virou-se para o colega. — Você sabe que na verdade não tenho nenhuma objeção contra os seus artigos. Você domina o seu ofício. É um autor competente...

O crítico ergueu os olhos para o editor e esperou que continuasse.

— Mas tudo aquilo sobre o que você já escreveu até agora foi sempre tão... como é que posso dizer... tão *arbitrário*.

Ele mexeu novamente em seus papéis.

— E você nunca resenhou uma obra de arte que fosse tão impressionante ou tão universal que interessasse a todos os leitores do nosso jornal.

O crítico endireitou-se em sua poltrona. Todos na redação sabiam que o editor não era o que se podia chamar de um osso fácil de roer. Mas aquilo estava indo um pouco longe demais.

— Nossa última pesquisa de opinião — prosseguiu — mostrou que mais de vinte por cento de nossos leitores lêem meus artigos diariamente. Mais de cinqüenta por cento responderam que os lêem em intervalos regulares. Nenhum outro jornal da cidade faz uma cobertura tão ampla sobre arte e arquitetura como o nosso. Em grande parte por isso, ele é considerado o jornal de cultura mais importante do país...

Ele respirou fundo.

— Mas é que nem todos os leitores se interessam por arte, e disso você sabe muito bem. A obra-prima que você quer que eu resenhe não existe. Essa obra-prima não pode existir. Existem leitores que não ligam a mínima para como será o prédio da nova prefeitura. Eles estão concentrados demais em olhar para o asfalto.

O editor voltou à sua escrivaninha. Ali ficou parado tamborilando com os dedos no tampo do móvel.

— Receio ter que contradizê-lo nessa questão — disse com certa afetação, fitando o crítico nos olhos. — Essa obra-prima existe. Sim, ela existe. Ela nos cerca por todos os lados. Está cheio delas por aí, meu caro. Mas apesar disso muitas pessoas simplesmente não têm olhos para isso. E você sabe por quê? Pode parecer paradoxal, mas é porque elas mesmas são essa obra-prima. Os próprios leitores são a obra de arte, e eu considero uma vergonha que ainda não tenhamos publicado resenhas e reportagens sobre isso.

— Será que você poderia explicar um pouco melhor? Com esse calor...

O editor fez uma longa pausa.

— Michelangelo — disse abrindo os braços —, Michelangelo criou os afrescos da Capela Sistina. Mas quem criou Michelangelo? Hein? Por acaso isso não é um tema para um jornal de cultura?

Agora o crítico teve um sobressalto em sua poltrona.

— Questões religiosas — disse lentamente, mas com determinação — não são da minha alçada. Como você bem sabe, recentemente, quando fiz minha série de reportagens sobre o Vaticano, eu me ative estritamente à história da arte... Mas como estava dizendo, hoje está muito quente. E o sol está batendo em cheio na sua janela.

O editor olhou para o relógio e disse com energia:

— Escreva sobre isso!

— Como disse?

— Escreva sobre o Sol!

— Sobre o quê?

— Isso mesmo! Por acaso o Sol não merece uma resenha? Há dois mil e quinhentos anos, Anaxágoras foi expulso de Atenas por ter afirmado que o Sol era maior do que o Peloponeso. Você não acha que ele deveria finalmente ser reabilitado?

— Acho...

— Sim, meu caro colega, o que você acha? Você não percebe quão sem importância é a Capela Sistina em comparação com o Sol? Aquelas ingênuas garatujas renascentistas. Infantil! Pura superstição. Você não acha que o Sol, como obra de arte, desbanca todos os trabalhos de Michelangelo? Além disso, quem é que se interessa por Michelangelo?! Eu pelo menos não. Estou me lixando para a história da arte. O Sol, em contrapartida, possui um interesse constante há milhões de anos...

— "Enfim o Sol", em três colunas. Uma resenha de... uma resenha de...

— Ora, ora! Essa pauta você tira de letra. O Sol, o Sol é apenas uma estrela, entende? Uma entre bilhões de estrelas apenas em nossa galáxia. Você já pensou melhor sobre isso? Quero dizer, você já sentiu alguma vez o que é isso? O próprio Sol, com todos os seus planetas — quantos são mesmo, sete ou nove? —, visto num contexto amplo não tem nenhuma importância. Estou me referindo a um contexto realmente grande. A realidade, entende, a realidade é maior do que o Vaticano, é maior do que o Peloponeso. Diga tranqüilamente se for de outra opinião. Quando o chamei para esta conversa, estava pensando em lhe pedir uma resenha sobre a realidade... Essa resenha interessaria a todos os leitores do nosso jornal. Sabe por quê? Porque seria uma resenha sobre eles mesmos. Entende? Um pouco de vaidade não pode fazer mal a ninguém, pode? Comece com o Sol. Como exercício. Afinal de contas, o Sol é, no mínimo, uma *parte* importante da realidade.

O crítico levantou-se e foi até a janela; de lá olhou para o editor e depois lançou um olhar incerto em direção à cidade.

Então, sem uma palavra de despedida, saiu da sala. As recepcionistas notaram um furtivo sorriso de sarcasmo em seu rosto quando ele entrou no elevador.

Já na manhã seguinte, ele estava novamente com o editor. Agora podiam-se ouvir boas risadas vindas de sua sala. E um dia depois o jornal publicava sua primeira grande resenha sobre o Sol intitulada: "Maior do que o Peloponeso".

O artigo saiu no caderno de cultura, ao lado das críticas sobre livros, concertos e peças teatrais. Alguns trechos da matéria:

> Quando a criancinha corre para sua mãe, quando as cabras saltitam nas encostas, quando os peixes nadam em cardumes e os pássaros voam em bandos, quando a seiva sobe pelo tronco das árvores, quando rebentam os brotos, é o Sol que está difundindo seus raios. [...] O Sol distende nossos músculos. O Sol corre em nossas veias. O Sol arde em nossos abraços. O Sol palpita em nosso peito. Escrever uma resenha sobre o Sol não foi uma tarefa fácil: afinal quem sou eu para julgar o Sol? Como poderia um pote descrever o oleiro? Como é que um raio sozinho pode lançar luz sobre a fonte de onde emana?
>
> O próprio papel no qual esta reflexão está escrita é fruto do Sol. A mão que escreve é obra do Sol. Cada palavra que o autor tem por bem utilizar foi inventada por um cérebro para cujo desenvolvimento o Sol precisou de milhões de anos.
>
> O que é a história de nosso globo terrestre senão a história de uma bola de fogo que no decorrer de alguns milhões de

> anos produziu o espectro que no cotidiano chamamos de "consciência"? [...]
>
> Há muito tempo, o Sol nos criou no mar como o complexo primitivo de proteínas e aminoácidos que éramos então. O Sol nos trouxe para a terra como anfíbios e répteis. O Sol nos tirou de cima das árvores e fez de nós seres humanos [...]
>
> No Sol vivemos, nos movimentamos e existimos. Nós somos da estirpe do Sol [...]
>
> A capacidade de analisar o Sol também é obra do Sol. O Sol eleva nosso olhar para os céus. O olho que vê o Sol é o olho do próprio Sol.

Essa "resenha" jamais foi mencionada com uma palavra sequer nem pelo próprio jornal nem pela opinião pública.

Cerca de seis meses antes, haviam permitido que um jovem escritor publicasse um artigo de meia página que consistia na seqüência de palavras "blablablá" dividida em parágrafos e subparágrafos. Fora o próprio editor quem acolhera o artigo, para grande consternação da redação.

Muitos consideraram a matéria sobre o Sol uma brincadeira semelhante, uma paródia às críticas de arte habituais ou mesmo uma sátira a concepções de mundo materialistas ou religiosas. Nos círculos mais informados, entre os amigos e colegas do autor, o artigo foi discretamente ignorado. Havia sido um acidente de trabalho.

No decorrer de uma longa vida, mesmo o mais ilustre jornalista tem o direito de uma vez escrever um artigo disparatado. Afinal, um homem não é uma máquina.

Mas ainda se seguiriam outros artigos do mesmo tipo. Lentamente a exceção foi se tornando a regra. O crítico tomara gosto pela coisa. Ele continuou a escrever suas resenhas para o jornal, agora partindo de uma concepção de arte enormemente ampliada.

Uma resenha da realidade, publicada em duas séries com intervalo de uma semana, levava o título: "Obra ou mestra? Notas sobre A obra-mestra quadridimensional".

Os artigos seguintes intitulavam-se: "Por que só me resta rir da história da arte", "O mundo como emanação divina.

Sete notas de rodapé sobre o panteísmo alemão de Cusanus a Schelling", "A colméia, a gramática e a razão anônima do mundo", "Por que o primeiro homem tinha umbigo? Uma visão crítica de dezoito representações de Adão e Eva".

O crítico ainda não tinha escrito muitas resenhas desse tipo quando começaram os cochichos na redação. Pelo menos estavam finalmente tomando conhecimento do que ele escrevia. Mas a maioria das manifestações possuía um caráter bastante hostil.

Naturalmente todos os seus artigos continham um fundo de verdade. Mesmo na mais extrema loucura não brilha sempre uma centelha de razão?

É certo que passamos nossa vida num planeta no Universo; não apenas como cidadãos de um país, mas também como cidadãos de um Universo. E lembrar disso pode ser bastante oportuno. Também é correto que a vida das pessoas e dos animais tem suas raízes numa série de mistérios ainda não elucidados. Mas nos últimos tempos o velho crítico de arte não vinha se dedicando com excessiva freqüência a essas questões? Será que ele não estava de qualquer forma um pouco tenso demais?

Cada vez era mais difícil seguir sua linha de pensamento. Percebia-se que ele se retirava da comunidade humana para seu próprio mundo privado. Agora o único fio condutor que ainda perpassava a obra do crítico, e que só era visível aos olhos do leitor atento, era a ênfase quase obstinada no mistério de nossa existência. Num tom cada vez mais impertinente, ele proclamava esse mistério.

Por fim, o velho achou suas idéias tão significativas, que as verteu para a poesia:

Nós levamos
e somos levados
por uma alma
que não conhecemos

Quando o enigma
se ergue sobre duas pernas
sem ser desvendado
é a nossa vez

Quando as figuras dos nossos sonhos
beliscam a si mesmas
sem acordar
nós somos elas

Pois nós somos o enigma
que ninguém soluciona
nós somos a aventura
presa em sua própria imagem

Nós somos aquilo
que vai e vai
sem chegar
à claridade

(de "O enigma da esfinge")

"Mas o que diz disso o redator-chefe?", de vez em quando alguém perguntava. A sua tolerância também tinha que ter limites! O jornal não tinha pelo menos um editor responsável?

Que um pobre escrevinhador senil perdesse a cabeça era uma coisa. Isso acontecia. Mas os desvarios de um espírito doente precisavam ser destrinchados perante toda a opinião pública? Palavras como "escândalo" e "desserviço" eram cada vez mais freqüentes no debate do pequeno país.

O fato de antes o velho homem gozar de grande respeito caiu bem depressa no esquecimento. A série de artigos "Esboços afiados" fora acolhida pelos conhecedores da arte em todo o país como mostra de genialidade. O pequeno livro *O espelho como metáfora* trouxera grande prestígio a seu autor, inclusive para além de um público especializado, e fora traduzido para sete línguas. *A crítica da arte e a arte da crítica* era o título da publicação comemorativa de seu qüinquagésimo aniversário.

Mas desde então muito tempo se passara. Quão baixo o crítico decaíra desde aquela época! Seu refinado talento analítico acabara sucumbindo aos trocadilhos filosóficos e à verborragia metafísica.

No final de sua vida, o crítico voltou a se dedicar à crítica de arte convencional. No começo, parecia que havia se recomposto. Mas como não elogiava mais os artistas por suas produções, tornou-se cada vez mais indesejado no meio artístico. Era sempre à "natureza", ao "enigmático" ou à "força criadora do homem" que ele rendia tributos, isso quando ainda de fato alguma coisa o agradava.

Morreu como um homem detestado. Seu jornal já havia contratado há tempos um novo crítico, um proeminente especialista, um homem que era bem-vindo a qualquer coquetel e a qualquer vernissage.

Dois dias após a morte do crítico, no entanto, o jornal publicou o mais pessoal e para muitos também o mais excêntrico, para não dizer doentio, artigo de sua lavra. Nesse dia, foram reservadas duas páginas do caderno de cultura para esse artigo que levava o expressivo título de "O estranho".

O texto não apenas proporciona uma visão de um espírito doente, como também comprova que o crítico estava consciente de que no final seus artigos só eram compreendidos por ele mesmo.

O estranho

1

Há alguma coisa estranha. Alguma coisa não está certa. Agora posso dizer isso com certeza. Não tenho mais nenhuma dúvida de que estão me fazendo de bobo.

Na verdade, não pode ser. É totalmente impossível. Mas eu vejo apenas isso; tudo o mais é acaso.

Essa idéia me dá coceiras pelo corpo todo. Fico nervoso, perturbado. Então, pulo da minha cadeira e fico andando pela sala, sem parar, de um lado para o outro.

Eu me levanto e me sento, me sento e me levanto outra vez. Mudo um quadro de lugar quinze vezes por hora. Eu leio vinte vezes a mesma e única frase. Tiro xícaras limpas do armário e as lavo para ficarem ainda mais limpas. Esvazio o cesto de lixo para achar um selo usado ou um clipe de papel. E o que é ainda pior: fico na frente do espelho fazendo caretas para mim mesmo.

Eu não estou louco. Também não sou neurótico. Não é comigo que há algo errado. Também não é um sonho. Estou completamente acordado, duplamente acordado, como dois dias que coincidissem.

A verdade é que tem algo acontecendo pelas minhas costas. Mais ainda: tudo se passa ali. Tudo. Infelizmente não tenho olhos na nuca. Infelizmente, infelizmente!

Mas agora não vou mais tolerar isso. Eu não posso aceitar esse estado de coisas. Vejamos, por exemplo, a vida. A vida tornou-se impossível para mim. A vida está reservada para os idiotas.

Não estou pensando na minha vida privada. Vida privada! Que se dê por feliz quem puder proferir uma palavra tão absurda sem precisar fazer uma careta. Há quantos anos já não tenho mais uma "vida privada"? Também não estou pensando na planejada ampliação do antigo prédio da prefeitura. Já fundamentei suficientemente minha opinião sobre esse tema. Também não estou pensando no anteprojeto de orçamento do governo. Para mim, isso não faz a menor diferença. Nem ao menos estou pensando no futuro do nosso planeta. Para mim, até mesmo o nosso planeta não faz a menor diferença. Como é que podemos nos achar tão importantes...

Estou muito agitado para poder pensar em alguma coisa. Aquilo em que se consegue pensar também pode ser controlado. O que se pode nomear com palavras pode ser dominado. Mas isso aqui é pior. Muito pior.

Durante as últimas semanas, a linguagem me abandonou. Palavras, frases e opiniões ficaram para trás, assim como chocalhos e chupetas representam um estágio superado.

Não estou mais em casa na linguagem. Ela me enjeitou. Ela

me expulsou para uma ilha. Para um asteróide. Se é que afinal existe uma linguagem. Mas será que isso é certo? Nada é certo...

2

No pensamento não acontece nada de importante. O que acontece então? O que são pensamentos senão a repetição de impressões sensoriais?

No pensamento existe apenas o que os sentidos percebem.

O importante se passa *atrás* das minhas costas. Estou trancado numa caverna, sentado de costas para a entrada. Os dias passam, e eu fico olhando para as paredes da caverna. Não dá para ver o menor facho de luz. De que me serve então dispor dos meus sentidos? Para que olhos que não distinguem nada além da escuridão da caverna?

Eu não estou sozinho. Esta não é uma cela solitária. Não, aqui estamos todos reunidos. Toda a humanidade. Todos nós estamos aqui sentados nessa caverna.

Então, pelo menos eu teria alguém para conversar. Mas sobre o que falar se não se pode ver nada? E haveria ali alguém que compartilhasse o meu destino? Não, não — essa possibilidade também me foi tirada. Pois ninguém *compreende* que se encontra numa caverna. Todos os outros acreditam estar vendo tudo. Eles se sentem bem e não querem ir embora.

A mim, me faltam olhos na nuca. Mas sei que lá fora na entrada da caverna alguma coisa está acontecendo. Eu sinto isso como um formigamento no estômago, nosso mais confiável órgão dos sentidos. Alguma coisa em mim me dá coceiras. É como se eu tivesse nascido com uma fina camada de penas sob a pele. Talvez por isso eu fique tão perturbado quando vejo gansos. Gansos me provocam, e um dia desses vou pular a cerca do vizinho e matar seus gansos. Simplesmente vou matá-los.

3

Agora eu vou entrar na questão. Na *questão*, eu disse. A única *questão* que existe. Para que esse pluralismo insaciável? Para isso, falta-me paz de espírito.

O que me tira do sério é a *realidade*. Sobretudo ela, mais do que qualquer outra coisa. Isso me torna um monomaníaco? É monomania se interessar pela realidade? Por alguma coisa afinal é preciso se interessar...

Portanto, a realidade. O mundo. O Universo. Um órfão tem muitos nomes — mais do que as crianças amadas. Muitos nomes para aqueles que são encontrados numa escada. Para aqueles que flutuam no espaço vazio.

Realidade!

Como é possível proferir essa palavra sem perder o fôlego? Quem é que sabe de onde ela vem? Quem pode me revelar seu endereço?

No começo e no fim de todas as coisas não está a pergunta: *de onde vem o mundo?*

Eu sei que existe uma resposta para essa pergunta. Uma resposta, no entanto, que está fora do meu alcance. Ela existe, ela vive, mas ela vive atrás das minhas costas, e não na caverna em que passo os meus dias.

Posso me conformar com isso? Quero dizer, como é que posso me conformar em levar a minha vida num mundo sem saber de onde ele vem?

O mundo, eu disse! O mundo como uma rocha de toneladas que de repente passa flutuando baixo no ar sobre a cidade. Ela simplesmente está ali, não é possível contestar sua existência. Seria bem feito para as pessoas. Uma rocha flutuante de mais de cem mil toneladas! Aí elas se espantariam.

Mas o que vocês dizem sobre isso? Vocês já pensaram alguma vez no fato de que o mundo não tem endereço? Nem mesmo um nome. "Mundo" não é nada mais do que nossa denominação particular para o espectro que nos rodeia. E mais ainda, mais. Esse espectro que de repente desponta do nada, esse espectro não é apenas nossa casa. Ele é nós mesmos! Nós somos os órfãos. Despontamos do nada.

O que você disse?

Deus você disse. Sim, foi isso. Agora você chamou por ele.

Só que ele não se deu sequer ao trabalho de deixar um simples cartão de visitas. Não há um monólito num lugar ermo e afastado no qual ele tenha assinado sua obra?! Mas ele existe mesmo? E o mundo, como é que fica? Afinal é dele que estamos falando aqui. Por ora pensemos apenas nele. De onde vem esse colosso? Por um breve momento, decidi deixar de lado todas as outras questões. Não preciso trocar as fraldas de nenhum bebê. Desliguei a televisão. As cotações da Bolsa podem esperar até amanhã.

4

Esta noite nosso tema é o mundo. Sejam todos bem-vindos! O mundo sempre existiu, você está dizendo. E não se fala mais nisso. E por que não, afinal? Essa é de fato a idéia mais evidente. Como proposição, até mesmo inevitável. Mas como fato é pouco convincente. Naturalmente podemos *imaginar* um mundo que sempre tenha existido. Mas a questão é: é *possível* que um mundo sempre tenha existido? Ele não precisa ter surgido num determinado momento? É isso o que me interessa. 1 x 0.

Uma outra idéia razoável é que Deus criou o mundo e que Deus sempre existiu. Resolvido. Ponto final. Essa também é uma idéia evidente, mas nem por isso mais convincente como fato. Dessa forma não estamos avançando. Apenas estamos nos esquivando do problema. 2 x 0.

Mas nossa pequena pesquisa ainda não terminou. Reclinem-se confortavelmente nas poltronas. Ou melhor, ainda melhor: sentem-se atentos na beirada da cadeira. Ainda existem algumas possibilidades.

Quem foi que disse que o mundo sempre existiu? Ele absolutamente não *pode* ter sempre existido. Mas se nem sempre existiu, em algum momento deve ter surgido do nada. Quase numa primeira instância, *tertium non datur*.

Evidentemente podemos nos esquivar indefinidamente do problema. Mas seja como for, uma coisa é certa: em algum momento, alguma coisa deve ter surgido do nada.

Essa é uma idéia evidente e, ao mesmo tempo, de uma simplicidade comovente. É uma idéia tão simples que até uma criança pode compreendê-la. No início, não existia o mundo, e depois de repente ele estava lá. A partir do nada, portanto. Uma idéia simples, mas provocadora. 3 x 0.

Isso se é que não foi Deus quem criou o mundo. *Ex nihilo*, como dizem os teólogos. É possível que tenhamos nos precipitado um pouco na nossa investigação. Afinal de contas, os poderes de Deus transcendem a capacidade de compreensão do homem. Não deveríamos contestar tão precocemente a existência de um Deus. Talvez isso o ofenda. (Talvez ele se vingue. Mas esse é outro problema. Aqui queremos nos concentrar exclusivamente na epistemologia.)

Suponhamos que Deus tenha criado o mundo. Com isso, então, teríamos o próprio Deus. O que tem Deus? Vamos então para a segunda rodada. Será que *ele* sempre existiu? Não, essa possibilidade também acabamos de rejeitar.

Assim só nos resta a última possibilidade: Deus criou o mundo, depois de ter criado a si mesmo! *Hoc est corpus: hocus pocus fidibus!*

Essa é uma idéia tão evidente, tão racional, tão infantil e tão simples, que, em nosso círculo cultural, é ensinada há mais de mil anos já no jardim-de-infância. Todavia, se a observarmos mais de perto, teremos que rejeitá-la. Trata-se de uma idéia paradoxal. Para não dizer desonesta e deformada. Ela morde seu próprio rabo.

Pela segunda vez em pouco tempo, protelamos um problema. Enganamos um bobo na casca do ovo. Enfiamos a cabeça na areia.

O que chamamos de Deus é um elo construído, uma tábua de salvação lógica para espíritos náufragos. Com ou sem Deus, continuamos confrontados com o impossível, o absurdo. 4 x 0. Nocaute.

5

Pensar não nos leva adiante. Esse é para mim um postulado absoluto. A realidade não pode ser compreendida racionalmente. O mundo é um paradoxo.

Por detrás da aparente apreensibilidade do cotidiano, o mundo é tão impossível, que não agüento mais ficar aqui. Para quem não se deixa consumir por fraldas a lavar e por problemas familiares, o mundo é uma contínua provocação. Problemas familiares! Só os macacos os têm. Quanto a mim, tento ser humano.

De onde vem o mundo, perguntei. E repito: de onde diabos vem o mundo? Setecentas vezes por dia me faço essa pergunta. E sei que posso tirar o cavalo da chuva.

Com rigor sistemático, gostaria de investigar a realidade

mais a fundo e encontrar uma explicação ou pelo menos circunscrevê-la. E embora eu esteja em meio a essa investigação, e muito embora me encontre no objeto da minha investigação, e nele coma, durma e pense, até agora meus esforços não deram em nada. Pensar não adianta, pois pensamentos são apenas reflexos das mesmas impressões sensoriais que vacas e ovelhas também têm. A diferença entre mim e uma vaca é apenas que não quero me conformar com o estado das coisas. Eu me recuso a ir para o estábulo, não vou me deixar atar num estábulo e dar as costas para o mundo. Eu quero sair do estábulo-caverna, não agüento mais.

O mundo não é possível. Mas ele se pretende autêntico. E a maioria das pessoas certamente também o entende assim. Eu mesmo tenho que me declarar uma exceção. Um curinga no jogo de paciência. Em contrapartida, tenho absoluta certeza de mim. Posso assegurar que não é nem um pouco grata a tarefa de contestar a existência do mundo no qual inegavelmente se está.

Podemos acordar de um sonho desagradável e afugentar o mundo do sonho. A realidade é diferente. Ela se instaura. E não retrocede um único passo. Quando acordo de manhã, com freqüência cada vez maior, acontece de eu rejeitar a realidade e mergulhar de novo no sonho. Não porque os meus sonhos sejam melhores do que aquilo que me espera ao acordar. O sonho pode ser igualmente louco, igualmente absurdo. Mas ele não é real. Entre mim e o mundo não há mais entendimento. Eu me desliguei dele. Sem por isso criar uma nova associação. E o rompimento é definitivo, irrevogável. A cada dia tenho uma consciência mais clara disso. O mundo vai para um lado, e eu, eu vou para o outro.

E daí? Isso é realmente importante? É de interesse geral? *Isso significa que o mundo não tem mais coesão.* Ele se partiu. Pois também sou parte do mundo. Ou melhor: eu era uma parte do mundo. Antes de ele se despedaçar.

Eu me soltei da Terra e estou flutuando no espaço vazio. Aqui é tão solitário, senhoras e senhores!

6

Mas sempre foi assim? A vida sempre foi assim tão tenebrosa?

De forma alguma!

Antigamente era raro eu ter esses pensamentos. Uma pedra, uma paisagem, um bicho podiam provocá-los. A visão ocasional de uma pessoa na rua, o gesto de uma velha senhora, um incidente engraçado no bonde.

Depois esses pensamentos começaram a me assaltar regularmente, ao acordar de manhã após uma longa noite. Como se eu tivesse dado um puxão em mim mesmo. Pouco a pouco, o mundo foi ficando mais claro. Seus contornos foram se desenhando de forma mais nítida. De forma mais abrupta, violenta e inoportuna do que antes.

Agora penso nisso com intervalo de minutos. Mas é esse pensar que me atormenta, porque não me leva a absolutamente nada. Todas as manhãs tomo consciência desse impasse, todas as noites vou dormir consciente dessa desgraça.

Agora peguei melhor o jeito. Ou melhor: fui pego de melhor jeito. Eu só preciso cruzar os braços e então sinto da cabeça aos pés. Está em cada fibra do meu corpo, em cada uma de suas células. Não adianta mais pensar em outra coisa. Eu sinto o tempo todo, sinto dentro de mim, sinto coceiras debaixo da pele, sinto como o meu peito quer arrebentar. Agora está vindo, agora está aqui. Está em mim, carrego comigo, agora sou eu o estranho, o impossível. Um *corpo* pode ser monomaníaco? O que diz a bioquímica sobre isso? Falta-me um hormônio? Uma vitamina, um mineral? Ou tenho todos eles em excesso?

O complicado é que justamente isso me revolta. Eu sou uma parte do círculo do qual gostaria de cair fora. Um fantasma na caça ao fantasma. Não consigo descobrir o que estou procurando, eu mesmo sou o espectro.

É um dilema insuportável. Mas não tenho escolha. Só terei paz quando tiver decifrado o mistério. Isso, porém, nunca vai acontecer, nunca. Ou somente quando eu mudar de opinião.

É impossível, mas não desisto.

7

No momento, sobretudo um fato está me fazendo quebrar a cabeça: eu mesmo sou o estranho, o impossível. E vejo isso em tudo o que me rodeia. Como elétrons em fúria em volta do núcleo de um átomo, todos os meus pensamentos giram em torno do fato de que existo, de que de modo geral algo existe. Desse ponto partem todos os meus pensamentos — e a ele retornam. Mas o que mais me aflige é que eu pareço estar tão incrivelmente sozinho com esses pensamentos.

Eu não me diferencio dos outros em nada. Mas quando olho para uma loja de roupas masculinas, logo vejo a impossibilidade de que o vendedor venha ao meu encontro. Ele é tão improvável quanto eu. Igualmente desesperado. Igualmente enfeitiçado. Igualmente carregado. Um andróide. Um boneco vivo. Mas existe uma diferença: ele não está consciente. Ele não percebe. Ele está pisando em brasas e não percebe. Posso ver no seu rosto — na sua expressão vazia, alienada e constrangida — que ele não sabe, e ainda mais, que nem sequer alguma vez pensou a respeito. E como se não bastasse: sei muito bem que não tem sentido querer colocá-lo a par dos fatos. Ele não poderia compreender. Ele vende roupas masculinas, é essa a sua determinação. Isso é mais do que suficiente. E é justamente isso o que me assusta.

Sei muito bem que pode parecer que gosto da minha existência isolada. Por que não saio pelo mundo e compartilho minha descoberta com os outros? Heureca! Será mesmo impossível explicar a esse mundo que ele é um mistério? Com imenso pesar e no mais profundo desespero, tenho que responder com um sim absoluto. Eu não estou falando à toa. Falo de larga experiência.

Já mencionei como a linguagem me falha. Falo a mesma língua das pessoas ao meu redor. Nós usamos as mesmas palavras. E embora eu combine essas palavras de forma diferente do que essas pessoas, elas compreendem muito bem o que digo. O problema não é verbal, mas cognitivo. Elas não compreendem a verdade que há por detrás das minhas palavras. Elas não percebem o alcance das minhas explanações. Elas usam este anteparo na cabeça que lhes impede de ver que a vida é um enigma. Quem sabe, talvez tenha sido cortada a ligação entre as duas metades do seu cérebro. Talvez isso me diferencie dos outros, talvez eu possua um órgão raro, uma anomalia. Se é esse o motivo do meu sofrimento, uma autópsia o trará à luz. Mas até lá ainda tem tempo, ainda tem um pouco de tempo...

8

Não pretendo de modo algum condenar meus semelhantes. Absolutamente não quero atacá-los pelas costas. Mas metade da minha vida eu dediquei à tentativa de despertar entendimento. E embora meu maior desejo fosse conscientizar meus semelhantes de que eles *existem*, sou considerado um histérico.

Inúmeras vezes em minha solidão eu me aproximei de um semelhante e contei-lhe que nos encontramos num planeta no Universo.

— Existe um mundo — eu disse a ele.

— Imagine só: nós existimos! — e — O mundo é aqui e agora!

Chamo sua atenção para algo que, segundo meus critérios, deveria abalá-lo nas suas mais profundas convicções, mas ele apenas abana a cabeça e prossegue apressadamente. Em vez de perceber que o mundo é fantástico, ele acha que estou fantasiando. E não entende absolutamente nada. Como ele precisa de um mundo previsível, ele me tacha de louco. Para que ele próprio não enlouqueça, convence a si mesmo de que alguma coisa está errada comigo. Na Antiguidade, cortavam-se as cabeças dos mensageiros de más notícias...

Por acaso é de se admirar que eu fique desesperado quando vejo meus semelhantes por aí na Terra, impassíveis como um rebanho de vacas pastando? Eles simplesmente estão aqui, eles se ajeitam. Nada pode surpreendê-los. Comigo é diferente. Eu tenho vertigens quando penso em *ser*. Ao contrário dos outros, não consigo me perder nos acontecimentos cotidianos. Em detalhes, em casualidades.

Não consigo mais me lembrar da sensação de ter um "interesse". Interessar-se por alguma coisa é, diante de tantas árvores, não ver a floresta. Mais do que isso, as pessoas com interesse nem ao menos percebem as árvores. Elas se fixam em musgos e urzes, até que lhes saltam fora os olhos, até que perdem a cabeça.

A única coisa verdadeiramente interessante nesse mundo é mesmo o fato de que ele existe. Por mim, ele pode ser como quiser. Por mim, fantasmas e unicórnios e elefantes cor-de-rosa podem passear na rua, isso não me perturba.

Só com o fato de o mundo existir já foram ultrapassadas as fronteiras do improvável.

Não me surpreenderia se, um dia, de repente um anjo descesse do céu para me levar para uma outra vida. Não preciso desse anjo para ficar admirado. Mas já faz tempo que meu espanto alcançou um ponto de saturação, mesmo sem estimulações fora do comum. Para mim, o próprio mundo é fora do comum.

Não, eu não ficaria atônito se uma manhã encontrasse um marciano no jardim. Por que ficaria? *Afinal eu mesmo sou um marciano*. Eu topei comigo mesmo, encontrei a mim mesmo no Cosmo. Desse ponto de vista, isso até que tem suas vantagens. Eu olhei bem no fundo dos olhos do Grande Troll. Como é que um rato ainda poderia me assustar?

9

Estar num mundo e olhar à sua volta. Uma experiência sobrenatural.

A natureza já é sobrenatural, e o "sobrenatural" é natureza. Quem é que quer estabelecer um limite? O existente não se deixa classificar em setores exatos. O mundo não se divide em graus de confiabilidade. Em tudo existe apenas uma realidade. Contudo, ela é completamente inexplicável. Uma perna de mesa pulsante não é menos emocionante do que um coração pulsante. Não acredito em bruxarias e encantamentos. E nem um pouco em "parapsicologia". Para compreender que existo, não preciso de nada disso, tanto faz se o espectro se manifesta nos pátios acadêmicos ou na bola de cristal de uma vidente.

A Terra, portanto. Um planeta no espaço. Com elefantes e rinocerontes. Com vacas, crocodilos e baratas. Lagostas e canários... Tranças e rabos-de-cavalo, seios e coxas, sogras e ciática..., e tudo isso como conseqüência de algumas reações químicas que aconteceram há dois bilhões de anos.

Essa é a pequena perspectiva. Eu nem sequer estou falando da grande perspectiva. Tampouco estou entrando na questão da matéria do Universo ou dessa "explosão" que teria posto tudo isso em movimento.

Não me interesso por astronomia. Ou por cosmologia (como é chamada de forma um pouco mais bombástica). Para que essa gigantomania? Já não basta pegar uma pedra na mão? O Universo ainda seria incompreensível se consistisse apenas dessa pedra do tamanho de uma laranja. Sim, pois ainda permaneceria essa maldita pergunta: de onde vem essa pedra? Milagres não se computam por quilos. Criar um grama de matéria em princípio não é menos extraordinário do que a criação de uma megatonelada.

Nós *vemos*, eu disse. Mas que vivência absurda é essa de ver um coelho branco de olhos vermelhos e seu focinho trêmulo. Ou um elefante indiano com sua tromba. Por que um elefante precisa ser cor-de-rosa para ser considerado notável? Por que ele precisa ter duas cabeças para merecer uma notícia no jornal?

O que *é* esta matéria viva que nos cerca por todos os lados e da qual somos uma parte viva? Para pessoas com tendência a isso, ver a própria mãe pode ser um choque. Isso sem falar nada sobre *ser visto*.

Se refletirmos melhor sobre o fato de que somos vistos por um elefante, um leão-marinho ou uma rã, a loucura pode ter acabado antes que tenhamos tido qualquer reação. Isso não beira a obscenidade? Contato visual íntimo com uma vaca!

Um elefante! O que *é* isso? Que espécie de profundeza incompreensível é esta que olha para dentro de nós?

Olhemos simplesmente para nós mesmos nos olhos em nossos espelhinhos de bolso. Então, o que é visto será idêntico ao que vê. Uma profundeza que olha dentro de si mesma.

10

Como é possível que o mundo não concorde comigo quando afirmo que é louco estar aqui? O que é que o mundo tem que eu não tenho? O que tenho que falta ao mundo? Ninguém, ninguém vê o mundo como eu.

Mas existe um consolo. Algo do meu próprio espanto reencontro nas crianças. Ao lado do vinho e dos soníferos, as crianças são a única coisa que posso admitir. As crianças pelo menos ainda apresentam laivos de espanto com sua existência. Também era só o que faltava: elas surgem dentre as pernas de uma mulher, descem engatinhando do trocador, erguem-se sobre duas pernas e saem andando pelo mundo. E tudo isso no espaço de poucos meses.

Para as crianças que acabaram de vir ao mundo, a realidade é ainda uma aventura. Mas no breve tempo que elas precisam para crescer acontece algo fatal, algo que os psicólogos deveriam examinar com mais acuidade: elas logo começam a se comportar como se sempre tivessem existido e imediatamente perdem a capacidade de se admirar, a capacidade de levar o mundo a sério.

Os adultos se acostumaram a todos os fenômenos. Não sabem mais que um dia foram crianças. Eles se embebedaram de realidade. Cambaleiam a esmo pela terra, cegos, indiferentes e sem consciência de si mesmos. Foram mimados pela vida, estão anestesiados por tudo o que os sentidos lhes contam. Não percebem que a realidade é uma aventura. Esqueceram o que de qualquer forma apenas pressentiam quando ainda não podiam perceber a si mesmos.

Eu mesmo sou uma criança que cresceu demais: sensível como um recém-nascido. Jamais consegui me tornar adulto.

Assim eu nunca vou descansar. Sempre estarei bem acordado. E embora meus semelhantes também estejam acordados à sua maneira, embora eles comam, bebam e saiam para trabalhar — eles estão dormindo.

Com grande vivacidade, eles se lançam pelo mundo e existem, perambulam por aí num globo terrestre no Universo como personagens de carne e osso saídas de um conto de fadas. Mas não estão acordados de verdade. Eles dormem o sono da vida burguesa no castelo da Bela Adormecida.

11

Mais não tenho a dizer. Acredito ter exposto suficientemente meu ponto de vista.

Agora eu disse a mesma coisa de mil e uma maneiras, na esperança de que uma única frase chegasse a algum lugar. Mas não: vocês não reagem! Vocês nem sequer pestanejam. Vocês ficam grudados na cadeira, chupando balas e estalando o papel do chocolate. Por que diabos vocês são tão preguiçosos?

Não, não leva a nada beliscar um transeunte no braço e lhe contar que a vida é enigma. Ele não perceberá nem poderá perceber. A natureza o protegeu dessa percepção. Não leva a nada sair por aí e gritar até a rouquidão que a vida é breve. Com isso não moveremos uma palha. Do mesmo modo, poderíamos beliscar um porco e contar-lhe que ele vai ser abatido daqui a pouco. Talvez ele levantasse os olhos por um instante. Dois olhos vazios e inexpressivos.

Deve haver uma espécie de mecanismo inato nos meus semelhantes que os impede de pensar que a vida é um mistério. Eles nasceram com um bloqueio na cabeça que não lhes permite pensar para além da porta da sua casa. Estão tão concentrados em como o mundo é (ou deveria ser), que não dedicam nenhum pensamento ao fato de *que ele existe*. Eles acordam num conto de fadas, pouco tempo depois estão conformados com isso, muito embora aqui sejam hóspedes apenas por um curto prazo. Eles precisam estar quase mortos para finalmente descobrirem a si mesmos.

O homem comum não tem fantasia suficiente para imaginar o mundo diferente do que ele é. Ele aceita as condições da existência, conforma-se em viver uma vida limitada a sessenta ou setenta anos e depois desaparecer. Queixar-se sobre o estado das coisas seria histeria. Chamar a vida de mistério seria loucura. Pois tudo segue as leis da natureza. A realidade como uma única e contínua "lei da natureza"!

E de resto está tudo na mais perfeita ordem. Os vasos de flores estão no peitoril das janelas, as crianças dormem, e a Terra gira em volta do Sol.

Como se essas leis da natureza não fossem "misteriosas".

Para o homem comum, elas não o são absolutamente. Para ele, as leis da natureza são uma extensão lógica das leis da família e da sociedade. Assim como a polícia patrulha as ruas, a ciência mantém a lei e a ordem da razão. E se em algum momento alguma coisa não estiver em ordem, resta então como última instância a razão rasteira dos reverendos.

O homem comum quer ter conforto. Quer comer e beber até não poder mais, por toda sua vida. É como um tubo pelo qual a vida passa, até que um dia ele se vira de costas e, farto da vida, entrega seu espírito.

12

Embora eu nunca vá me conformar com o *status quo*, embora eu viva cada hora do dia como a primeira e a última, isto é, a única, de certa forma fiz um balanço.

O mundo é louco. Ou isso — ou o mundo está em ordem e eu sou louco. Mas o que seria pior? Se o mundo é louco, então sou o único normal. Mas isso seria melhor do que se o mundo fosse normal e eu o único louco?

Existe ainda uma terceira possibilidade. E esta eu abomino mais do que todas as outras. Vivencio o mundo ao meu redor com tanta intensidade, que preciso estar o tempo todo tapando os olhos para não ficar cego. Mas nada do que vejo à minha volta me dá a impressão de estar vivenciando a si mesmo. Talvez então eu também seja o único no mundo que vivencia a si mesmo. O que isso significa? Pode significar que sou o único que existe e que apenas imagino todo o resto. Afinal de contas, não se pode exigir das figuras de um sonho que elas vivenciem a si mesmas. Ou será que se pode? Não sei. Mas não gosto da idéia de que eu poderia estar sozinho no Cosmo. Nesse caso eu ainda preferiria ser um louco.

Mas se o mundo é real, se estou acordado e não estou sonhando a realidade, ainda me resta uma possibilidade de voltar atrás. Ainda posso fechar os olhos para o impossível e ser como os outros. Um psiquiatra ou um cirurgião certamente poderiam encaminhar isso — ou talvez também funcione com bastante exercício, ducha fria e trabalho pesado. Sem dúvida, em algum momento eu poderia ser levado a admitir que *eu* estou louco, e não o mundo. Pelo menos até certo ponto deveria ser possível fazer eu me enquadrar e me misturar com os outros. Mas isso não me parece nem um pouco atraente. Prefiro continuar sendo o único que sabe que o estranho existe, o único que conhece o segredo.

Quando eu morrer, o mundo terá se livrado de um louco. Ou isso, ou ele terá perdido o único normal. E então não terá mais importância quem era louco aqui, o mundo ou eu. De qualquer forma, o mundo terá a última palavra.

Dizem que o editor, que sobreviveu apenas poucas semanas a seu crítico, precisou fazer valer todo o peso de sua posição para que o longo artigo fosse publicado na íntegra.

De resto, foi também o editor quem encontrou o texto no espólio de seu colega. Caso não o tenha, como mais tarde se dizia à boca pequena, escrito ele próprio para — como se dizia da mesma maneira — honrar a memória de um velho amigo.

Por puro acaso, o editor foi enterrado pouco tempo depois no mesmo cemitério que o crítico de arte — antes ainda que tivesse crescido a grama sobre a sepultura do amigo e a apenas alguns metros de distância.

Não se pretende afirmar aqui que, de suas últimas moradas, eles cochichem um com o outro. Qualquer manifestação a esse respeito está obviamente fora de nossa competência.

Mas o vento, o vento sussurra na grama sobre os restos mortais de nossos heróis. E o mundo está como antes.

Eu acho que ele se recompôs.

EXERCÍCIO

Transforme os dias em pequenos objetos com os quais você pode brincar. Em bolas de gude amarelas, vermelhas, verdes e azuis. Uma semana inteira você consegue controlar assim. Segunda-feira vermelha, terça-feira verde, quarta-feira violeta... Se você tentar reunir o estoque para um mês inteiro, perderá rapidamente a visão do conjunto. Onde é que ficou o dia 18? O dia 26 era azul ou vermelho? Um ano é suficiente para cobrir o chão da cozinha. Dia 8 de janeiro embaixo da geladeira, 26 de maio debaixo do aquecedor, dia 24 de outubro em algum lugar embaixo do fogão.

Você não consegue andar pela cozinha sem pôr as bolas de gude em movimento. Um dia bate no outro — como moléculas de pensamentos na memória. Agora trezentas e cinqüenta e seis esferas rolam pelo chão. Lentamente, o dia 3 de novembro vai rodando pelo chão em direção à mesa, bate na véspera do Natal, que continua rolando até o domingo de Pentecostes.

Você tem um apartamento de três cômodos e multiplica as trezentas e cinqüenta e seis bolinhas do ano por setenta ou oitenta. O dia 17 de abril de 1983 pula a soleira da porta e sai rolando pela sala, onde bate no dia 18 de outubro de 1954, no dia 27 de junho de 1996 e no 24 de março de 2012 até parar ao lado do 5 de dezembro de 1989, embaixo da televisão.

Você nada na opulência. Você se acha rico. Então alguém bate à porta. Cuidadosamente, você escala o chão da sala, afasta algumas centenas de bolas da porta e a abre para uma jovem. Como você não tem rosas vermelhas, oferece a ela um punhado de bolas de gude. Mas a jovem quer jogar com as bolinhas que você lhe dá, e, antes que você se dê conta, já perdeu um milhar delas.

Então batem de novo à porta, e entra um garotinho. Você lhe dá alguns milhares de bolas. No dia seguinte, ele traz sua irmã. Ela exige tantas bolas quanto seu irmão. E só agora você percebe que o seu estoque está começando a diminuir. O chão não está mais tão abarrotado. As bolas de gude não se empilham mais por todos os cantos, como nos velhos bons tempos.

E depois aparece o homem à porta. Ele lhe mostra um papel no qual consta que você lhe deve quatro mil e quinhentas bolinhas. Você logo se lança ao chão, conta o número exato de bolinhas e paga sua dívida instantaneamente. Você quer saber o que tem, quer saber com o que ainda pode contar. Mas agora só lhe restam umas poucas bolas. Você tem que procurar, tem que correr de um quarto para o outro para achar mais uma.

Você tranca a porta e procura proteção. O que ainda lhe resta quer guardar para si.

O HOMEM QUE NÃO QUERIA MORRER

Um louco entra desabaladamente numa loja de porcelanas e destrói cristais e toda a porcelana. Só se ouve o tilintar dos cacos por todo o local. Os funcionários tentam impedi-lo, mas sua fúria é colossal. Antes que a polícia consiga dominá-lo, ele causou um prejuízo de mais de cem mil coroas. O homem é detido, a loja parece um campo de batalha.

Tudo começara bem mais cedo nesse mesmo dia. O frenético guerreiro fora chamado para uma consulta com o médico da empresa. Lá ele soubera que estava com câncer.

— Sinto muito... — acrescentara o médico —, mas já se alastrou pelo sistema linfático.

Um diagnóstico inequívoco, portanto. O que tornava a coisa um pouco mais complicada era o fato de que o paciente, com a idade de trinta anos, não queria morrer. Ainda não estava preparado, como se costuma dizer.

Ele simplesmente não se entregaria ao tratamento letal. Gostava de viver e não via absolutamente nenhum motivo para morrer. Também não tinha a menor disposição para negociar; portanto, defendeu-se com todas as suas forças.

O médico, um verdadeiro humanista, demonstrou compreensão para com os apelos de seu paciente. No entanto, não se deixou impressionar — afinal, ele era um profissional. Já lidara com muitos desses casos, e, pensando bem, esse paciente não era o primeiro homem na história que tinha que morrer. E também não seria o último.

Essas considerações extremamente racionais foram feitas pelo médico enquanto, depois das habituais palavras de consolo e votos de boa sorte, acompanhava o homem até a porta.

— Vai dar tudo certo, você vai ver — disse o médico ao se despedir.

O paciente ficou se perguntando *o que* iria dar certo. Seu médico estava pensando no processo de morrer? Ou era religioso e estava se referindo à vida após a morte?

Johnny Pedersen sai dali atordoado e vai para a rua. Ele não consegue distinguir os ruídos da cidade. Tudo é um único barulho contínuo, um sopro de trompete em seus tímpanos.

Bom dia, Johnny! Você está com câncer. Você foi posto para fora da porta com a perspectiva de mais alguns meses de vida, na melhor das hipóteses. Muitas felicidades!

Johnny possuía uma tendência acentuada para tirar conclusões. Nem todos os pacientes incuráveis padecem dessa peculiaridade. Uma coisa é estar doente. Outra é saber que se vai morrer.

Em meio ano, pensou o infeliz, ou talvez em cem dias, não vou mais existir. Mas a cidade onde vivo continuará existindo. A vida vai prosseguir, a minha casa permanecerá no mesmo lugar. Os sapatos que estou usando serão vendidos por uma ou duas coroas num mercado de pulgas qualquer. E a mulher com a qual divido a cama e a mesa estará na frente do espelho passando rímel nos cílios. Apenas eu não existirei mais.

Johnny precisava se despedir não apenas do mundo, mas também de si mesmo.

Adeus, Johnny Pedersen, foi um prazer conhecê-lo. Obrigado por ter podido *ser* você, Johnny Pedersen. Obrigado pelo empréstimo. Agora, você sabe, preciso me retirar. E você desaparecerá na história.

Johnny Pedersen media um metro e oitenta e cinco, sem sapatos. Era um homem forte. Em sua juventude, algumas vezes ele resolvera diferenças de opinião com seus punhos. Depois, isso passou a acontecer só quando estava bêbado. Afinal de contas, não gostava que o encostassem contra a parede.

Johnny anda pela cidade transtornado pela raiva. Ao passar por um lampião, desfere-lhe uma pancada — a pancada o faz gritar de dor, e o lampião mantém-se inabalado.

Depois Johnny dá um soco no capô de um automóvel da categoria de duzentas mil coroas que estava estacionando. O golpe deixa um belo amassado. Mas antes que alguém possa reagir, Johnny já se dirige para a loja de porcelanas. Aqui ele encontrará uma válvula para seu medo.

Johnny está com medo, mas não incapaz de agir. Ele planta seu desespero em cada metro de prateleira. Dedica-se de corpo e alma à porcelana. A porcelana o entende melhor do que o médico. A porcelana sabe que Johnny leva a sério seu protesto. Um após o outro, os caros vasos absorvem o medo de Johnny. Em pouco tempo, ele imprimiu seu desespero em toda a loja de porcelana.

No carro da polícia, Johnny se acalma novamente. Ele acabou o seu serviço, a fundo. Ele desabafou e deu um belo *feedback* às notícias da manhã.

Johnny se fez notar. Não é do tipo que sai de mansinho da história, sem chamar a atenção do mundo para a sua passagem. Não vai morrer sem deixar vestígios. E isso encerra o caso.

O policial trava as algemas em volta dos fortes pulsos de Johnny. E o homem ao seu lado parece um pouco zangado — como se Johnny tivesse quebrado a casa *dele* em pedacinhos.

Eles não podem simplesmente me jogar na cadeia, pensa Johnny.

Ele fez algo que não se faz. Até aí tudo bem. Mas antes

de qualquer outra coisa a questão aqui é: por quê? O que ele fez é mais do que compreensível. É necessário.

Não, Johnny não tem que ir para a cadeia. Johnny tem que morrer. Johnny já havia sido condenado à morte antes de ter cometido qualquer crime. Assim, ele tentou à sua maneira estabelecer uma relação adequada entre o delito e a pena, uma forma de fazer justiça.

Johnny diz tudo em seu depoimento. Ele arrebentou cristais e porcelanas no valor de meio milhão de coroas. Sim, isso ele confessa. Mas ele não quer revelar o que o levou a esse ato. Isso ele não vai entregar de bandeja ao primeiro policial que lhe aparecer pela frente. Johnny pensa além. Johnny tem um plano.

— Os vasos de porcelana — diz Johnny Pedersen —, os vasos de porcelana estavam enfileirados como soldados numa parada. E milhares de pessoas passaram por eles sem jogar um só no chão. Bem, ocasionalmente alguém quebra um vaso, uma velha senhora, um paciente com o mal de Parkinson, uma criança estabanada. Mas sem nenhuma intenção por detrás. É assim tão estranho que um belo dia — digamos, depois de cinqüenta anos — venha uma pessoa, quero dizer, uma entre dez mil, tome uma iniciativa e, em plena consciência, se lance sobre as porcelanas? Vasos de porcelana simplesmente me provocam, senhor comissário. Eles são tão terrivelmente decorativos. Só o mundo não é decorativo. O mundo é brutal...

Johnny Pedersen é denunciado por vandalismo. Oferecem-lhe um defensor, mas ele quer defender a si mesmo.

— O caso é muito simples — diz Johnny. — Eu não tive escolha.

— Mesmo assim, o senhor vai precisar de um defensor.

— Este assunto diz respeito somente a mim. Única e exclusivamente a mim. Estou aqui sozinho no topo deserto de uma montanha, entre o céu e a terra. Mas tenho um desejo.

Eu gostaria que o julgamento acontecesse antes do Natal. É que no Natal provavelmente vou estar ocupado com outras coisas...

A atitude de Johnny foi fria e consciente, o que, em face da aparente falta de motivo de seu ato, chocou profundamente os que estavam à sua volta. Aqui, tratava-se de um brutamontes, um verdadeiro Rambo — e não de um prisioneiro arrependido ou coisa parecida.

No entanto, ele não estava bêbado.

O que então o fizera perder a cabeça? Que tipo de pessoa invade sem motivos uma loja e destrói peças de porcelana de quase um milhão de coroas?

No meio policial, o processo começava a ser aguardado com certa expectativa.

O processo é aberto. É o dia de Johnny. Ele se apresenta pontualmente e não possui um defensor.

Johnny Pedersen diz seu nome, a data de seu nascimento e seu endereço. A acusação é lida, e Johnny confirma que tudo se passou exatamente assim — não sem um certo orgulho. Johnny fez alguma coisa, ele se fez notar, pelo menos despertou interesse. Ele não irá embora de cabeça baixa. E se declara inocente.

O promotor dá início ao interrogatório.

— Bem, então o senhor entrou na loja. E, em seguida, começou a quebrar vasos de cara porcelana.

— É verdade, senhor promotor. E acho que o senhor deveria considerar a meu favor o fato de eu ter agido com um certo rigor.

— O senhor tem conhecimento de que o prejuízo monta a oitocentas e cinqüenta mil coroas?

— Sim, fui informado disso. Por aí o senhor já pode ver...

— Como...?

— Por aí o senhor pode ver como fui rigoroso e agi com rapidez.

— Escute... isso é um caso de desrespeito ao tribunal!

— Não, senhor promotor, de vasos de porcelana.

— Para que tudo isso? O senhor não tem antecedentes criminais. O senhor tem um emprego seguro. O senhor é, como se diz, um esteio da sociedade.

— Sinto muito, senhor promotor. Esse esteio está carcomido.

— O senhor poderia esclarecer ao tribunal o que o motivou a cometer esse ato?

— Vou tentar — diz Johnny olhando nos olhos do promotor. — Uma hora antes de ter dado conta desses vasos... eu soube que vou morrer em breve. Só me restam algumas semanas de vida. O senhor está vendo esta caixinha de remédios? Ela contém morfina...

— Mas...

— Eu estava furioso. Precisava me vingar por ter que morrer. Alguma coisa tinha que pagar por isso. A vida nesta cidade simplesmente não podia continuar como antes.

— Pois bem, admito que essa informação lança uma nova luz sobre o caso. Diga-me, o senhor gostaria que essa sessão fosse suspensa?

— Em hipótese alguma.

— Diante do pano de fundo desses novos fatos, o senhor me parece incrivelmente tranqüilo.

— Com certeza. Depois de quebrar algumas centenas de travessas de cristal e vasos de porcelana, fica-se bem mais tranqüilo. A morte não parece mais tão absurda. A conta até acaba dando certo. Posso lhe assegurar, senhor promotor, que nem um só vaso de porcelana foi quebrado à toa.

— Mas o senhor há de concordar que não faz sentido quebrar cristais e porcelanas no valor de oitocentas e cinqüenta mil coroas!

— Senhor promotor, não há quase nada que faça mais sentido do que quebrar vasos de porcelana.

— Mas isso é inadmissível! Todos nós vamos morrer. Só que não podemos sair por aí quebrando vasos de porcelana por causa disso.

— Agora o senhor disse uma verdade! Quase todas as pessoas passam para o outro mundo tão disciplinadas como antes seguiam as leis do trânsito. Mas tenho certeza de que não sou o único que se revolta. Muitos outros já devem ter tido essas idéias.

— Por isso mesmo é importante para a sociedade coibir essa forma de vandalismo. E de qualquer maneira o senhor pode ser responsabilizado integralmente pelos danos.

— Quanto a isso, devo informá-lo de que sou totalmente insolvente. Estou falido, senhor promotor. Tudo o que me resta são uns poucos dias de vida. Quando o senhor estiver enfeitando a árvore de Natal com sua família, não vou mais estar aqui. E não é só isso: também não vou voltar.

— E, portanto, antes de desaparecer, o senhor pretende destruir tudo o que for possível?

— Ser reprovado num exame, senhor promotor, perder o emprego ou ser abandonado pela mulher amada — aqui pela primeira vez o réu fez uma pequena pausa — pode levar alguém ao desespero. Existem pessoas que cometem suicídio ou homicídio por causa disso. O senhor não acha que ter que morrer também pode parecer a alguém tão terrível quanto essas outras coisas?... Não é só um exame que vai por água abaixo. Não é só um amigo que se perde. É a si mesmo. E isso para mim foi uma experiência altamente explosiva.

— E o senhor acha que a sociedade precisa contar com tais "explosões"?

— Isso, a sociedade tem que decidir. Estou justamente caindo fora dessa sociedade. E, com isso, da realidade, senhor promotor. De toda essa droga. O senhor entende o que quero dizer? Esse... esse massacre da porcelana é apenas um antegozo da irrealidade.

— O que o senhor está dizendo?

— O senhor não está entendendo? Eu gostaria de fazer uma advertência: à loja de cristais e a todo o aparato judiciário. Pode ser que eu esteja pagando para ver. Porque sei que essas idéias podem facilmente fazer escola. Elas podem provocar avalanches. De fato, como o senhor observou com toda a razão, eu não sou o único que vai morrer. Mas sou o primeiro que fez alguma coisa. Talvez eu seja o primeiro de toda uma estirpe de terroristas da porcelana.

— Terroristas da porcelana?

— Talvez daqui a cem anos não tenha sobrado um único vaso e nem mesmo um só jarro para ser quebrado. Talvez todos já tenham sido destruídos. Em protesto contra a morte.

Passaram-se alguns anos desde que Johnny Pedersen saiu cambaleando pela cidade como um farrapo humano, desde que fez uso de seus músculos na loja de porcelanas e foi levado ao tribunal.

Johnny foi condenado a dois meses de prisão sem *sursis*. Não por causa do risco de reincidência, nem porque o tribunal não tenha tido compaixão pelo réu ou não tenha entendido sua fúria, mas sim para dissuadir eventuais imitadores.

Quatro semanas depois do julgamento, Johnny morreu num hospital. Alguns dias mais tarde, seu corpo foi incinerado no Crematório Municipal.

Eu mesmo passeio com freqüência no cemitério onde, sob uma camada de grama e flores brancas de trevo, está enterrada a urna de Johnny.

Aqui é tranqüilo. Quase tranqüilo *demais* para o meu gosto. Numa urna sob a relva jazem as cinzas de Johnny. Tudo o que restou dos tensos músculos desse homem forte foi um pó negro.

Sempre considerei esse pó parte da natureza. Assim, no final Johnny estaria integrado ao todo da natureza.

Sempre acreditei na visão panteísta do mundo: morrer para retornar ao elemento do qual viemos. Voltar para casa. Morrer para encontrar a paz.

Mas quando penso no que deve ter passado pela cabeça de Johnny Pedersen quando ele irrompeu na loja de porcelanas, percebo que subestimei a natureza. A natureza não se encontra em divina harmonia. A natureza está em conflito consigo mesma.

O MUNDO ESTÁ SOLTO

Agora o mundo é aqui. Nunca antes ele foi nós, e nunca o será de novo. Somos os primeiros e os últimos.

O Grande Corpo se soltou. Agora, por alguns segundos, a pomba pousou em nosso ombro.

Depois, não há mais enigma entre nós — e o colosso prossegue vacilante, de um encontro casual para o outro.

Mas deveríamos aproveitar o mundo enquanto ele está aqui. Deveríamos arrancar cada minuto das horas. Deveríamos virar os dias pelo avesso e penetrar em seu interior.

Pois agora somos reais!

Agora somos reais!

Agora somos reais!

ALARME FALSO

O relógio marcava cinco e treze. E ela estranhou não estar sentindo o menor sinal de medo.

O alarme antiaéreo das sirenes era absolutamente real. Ela podia ouvi-lo agora por toda a cidade. Mas o relógio marcava cinco e treze. E ela tinha lido o jornal nesse dia. Portanto, não podia ser um exercício.

Com certeza, era um alarme falso. Uma falha técnica. Um acidente.

Mesmo assim... Ela largou o pano de prato e foi até a janela. Na rua, tudo parecia normal. Os automóveis deslizavam de volta para casa no asfalto molhado. Diante do varal de roupas, alguns meninos jogavam futebol. A senhora Henriksen cambaleava com o peso das sacolas de compras em direção ao portão de entrada. Mais adiante dava para ver também Kristin e John. Logo os dois entrariam em casa espalhando sujeira e areia por todos os lados.

Aquele ruído infernal não queria parar. Os breves toques da sirene a arrepiavam até a medula. E as pessoas que desciam dos ônibus não apresentavam claros sinais de nervosismo? De pânico? Ela ouviu seus filhos subindo a escada.

Segundos apenas. Tudo o que é importante acontece no espaço de poucos segundos.

Toca a campainha. Ela corre para a porta, e as crianças entram esbaforidas.

— Que buzina é essa, mamãe?

De repente, ela ouve um ruído estridente no ar. Ela corre outra vez até a janela. E vê ao longe o cogumelo venenoso que sobe ao céu.

— Guerra! — exclama.

Ela agarra as crianças, uma em cada mão, e se precipita para o corredor.

Desce as escadas em direção ao abrigo antiaéreo no subsolo. Passam-se um ou dois minutos. Todos os moradores do edifício já estão lá. Onde está Jens?, ela pensa. Será que está no carro vindo para casa? Ou ainda estará no escritório?

O vizinho trouxe um rádio: "... repetimos: eclodiu uma guerra nuclear entre a Otan e os países do Pacto de Varsóvia. Por favor, dirijam-se imediatamente aos abrigos. Kolsås foi atingida há alguns minutos por uma bomba atômica. Foram mortos milhares de nossos compatriotas. Médicos, enfermeiras e militantes da defesa civil devem permanecer na escuta. O mesmo vale para militares da ativa e cidadãos alistados no serviço militar. Em poucos minutos, transmitiremos o pronunciamento da primeira-ministra...".

Ela abraça seus filhos e chora.

Ela sempre temeu esses segundos. Quantas vezes já não havia sonhado com eles? À noite acordava gritando de pavor.

Mas isso não era um sonho nem um pesadelo. Era aqui e agora.

Sua vida. Que importância ainda tinha agora? Nesse momento sua vida era um sonho e todo o resto, a realidade. Ela fora inserida nessa vida, nesse tempo. Agora tudo chorava ao seu redor: mulheres e crianças deitadas no chão de cimento choravam. Homens também. O zelador do primeiro andar. Ele também soluçava no seu canto.

Segundos.

Depois uma explosão medonha. Uma luz azulada invade o local. Depois dela uma onda de calor tropical. Os olhos começam a derreter.

Ela reza. Pela primeira vez em quinze anos.

— Meu bom Deus — ela reza. — Faça com que isso seja um sonho! Eu tenho errado tanto. Faça com que isso seja um sonho, meu bom Deus. Apenas você pode. Me dê mais uma chance de evitar isso tudo!

Então ela abre os olhos. Ela *é atendida*. Ela *terá* sua chance.

Dessa vez, ela não gritou. Ao seu lado, a cama está vazia. Então Jens entra e lhe acaricia os cabelos.

— Acordada, querida? Preciso ir agora. Volto lá pelas cinco, cinco e meia. Como sempre.

O RELÓGIO DIGITAL

Agora eu também comprei um relógio digital para mim. Com horas, minutos, segundos e dezenas de segundos. Com contagem de anos, meses e dias da semana. Despertador, parquímetro e cronômetro (duas melodias: "Pour Elise" ou "Love story"). Horário alternativo, formato de exibição de doze e vinte e quatro horas. Com luz de fundo. Ao todo, doze funções.

E por tudo isso paguei noventa e oito coroas. Foi uma promoção, é claro. Uma verdadeira pechincha. E mesmo assim ando tendo algumas dúvidas. Eu me sinto enganado.

Minha vida não é mais o que era antes. A começar pela palavra "digital". Fria como metal.

Antigamente, quando os relógios simplesmente andavam em círculo, tudo era diferente. Não havia começo nem fim. A vida era um eterno carrossel. Depois veio a janelinha para a data, depois para o dia da semana... mas ainda assim perdurava uma harmonia cíclica. Eu só tinha que dar corda em meu relógio a cada dois dias.

Agora carrego todo o resto da minha vida no meu pulso. Cada segundo e dezena de segundo já estão ali programados. Até mesmo os anos bissextos meu relógio digital leva em conta. Ele está pré-programado até o ano 2050. Eu vou estar com noventa e oito anos — ou não vou estar mais aqui.

Com meu relógio digital no pulso, olho demais para as horas, aquele segundo que inexoravelmente se transforma no próximo.

Vejo um ponto de luz intermitente diante de mim que não

deixa uma linha atrás de si. Vejo um pássaro diante de mim que bate as asas num vôo selvagem pelo horizonte sem deixar um rastro. Penso no paradoxo eleático: uma linha é uma abstração. Na verdade, é a soma de um número infinito de pontos. E assim é com o tempo. Assim, naturalmente, também é com tudo, eu penso. Não existe traço que dure para sempre.

Eu sou testemunha de um processo impiedoso. O relógio nunca mais poderá ser como ontem. Nunca mais será 22h15min36s de sábado, 8 de fevereiro de 1985.

O ciclo foi interrompido. O tempo das recorrências já se foi.

Observo meu pulso. Ele parece um formigueiro. Apenas o formigueiro propriamente dito está quieto, no mais reina um frenético tumulto. As horas e os minutos de alguma maneira talvez ainda sejam sólidos. Já os segundos e dezenas de segundos me lembram de átomos e moléculas.

Quantos segundos ainda tenho de vida? Quantas dezenas de segundos?

Antes eu já tive relógio. Mas este relógio aqui me rouba o tempo. Diante dos meus próprios olhos. E ninguém faz nada. O relógio digital é uma alusão permanente ao fato de que todas as formas são fluidas. Uma cordilheira é uma cascata. Uma galáxia é uma labareda serpenteante. A alma do mundo é tão inconstante como uma nuvem de fumaça. Tudo é apenas uma questão de precisão do instrumento.

Não consigo me acostumar a ti, meu companheiro de caminhada que levo em meu pulso. Tua verdade é brutal. Cospes os segundos como balas de uma metralhadora. E teu arsenal é suficiente para te servir, leviano Nada.

Teus números são os números de mortos. Teu pulsar é frio como a foice.

A VISITA DO ESCRITOR

Na pequena cidade de Lá, viviam outrora personagens de romance, cada uma das quais tinha uma tarefa a cumprir numa longa narrativa. Página após página nessa narrativa, todas as personagens diziam e faziam o que tinham que dizer e fazer — sem nunca pensar que eram personagens de romance.

No meio do romance, elas se reuniram para a festa do solstício de verão. Estavam sentadas em círculo em torno de uma grande fogueira à beira do lago, o sol acabara de se pôr, e as águas do lago batiam em pequenas ondas na praia.

As personagens brindavam, cantavam e se divertiam — exatamente como o escritor imaginara. Elas bebiam vinho branco, comiam camarões e estavam todas muito felizes.

Originalmente, essa cena em volta da fogueira de são João deveria se estender apenas por duas páginas. Deveria servir como pano de fundo para um encontro sem grande importância entre duas personagens. Mas a festa acabou tomando um rumo que nem em sonhos o escritor teria imaginado.

Nem sempre os escritores são senhores do mundo que criam. Às vezes, esse mundo começa a trabalhar por si só. No nosso caso, quem desencadeou o processo foi uma das personagens, que, de repente, tomou a palavra logo depois do pôr-do-sol. E o que essa personagem disse foi de uma tal força que suas conseqüências se fizeram sentir por todo o resto do romance.

No meio da página 133, as personagens se reúnem em

torno da fogueira. Na página 135, no alto, o sol se põe. E bem embaixo, ao pé da mesma página, a festa atinge seu ponto culminante.

No exato momento em que viramos da página 135 para a 136, um homem se levanta e começa a andar ostensivamente em volta do fogo crepitante.

Ele parece nervoso. Ao clarão da fogueira, chega mesmo a provocar um efeito sinistro. Cessa o vozerio das conversas. A atenção de todos se volta para ele. Mas ele não diz uma única palavra. Continua andando em volta da fogueira, e os muitos olhares que lhe são dirigidos parecem não perturbá-lo.

Alguns minutos depois reina um silêncio aflitivo; ele se detém e começa a falar com uma dignidade quase profética. Com calma e lentidão, como se medisse cada palavra, diz:

— Sabem, tenho uma sensação da qual simplesmente não consigo me livrar. Tenho a sensação de ser uma personagem de romance. Não posso evitar. De alguma forma, as minhas ações parecem ser dirigidas.

Os outros olham para ele com uma mistura de seriedade e espanto, como que paralisados perante a surpreendente afirmação.

O herói do romance continua a caminhar em volta do fogo. De repente, ele pára, esfrega as mãos e exclama:

— Não passamos de mera fantasia!

Ele exclama para a escuridão da noite. Seu corpo treme de emoção. Ele balança a cabeça nervoso.

— Somos personagens de um romance, ouçam o que tenho a revelar! Tudo o que fazemos e dizemos se passa na consciência do escritor. Só que não podemos vê-lo, mas ele a nós com certeza...

Novamente ele se põe a andar em volta da fogueira. Por alguns segundos, reina um silêncio absoluto. Então ele pára e começa a atiçar o fogo com um galho carbonizado.

— Desvendei o jogo que o escritor está fazendo conosco, exclama. — Vocês me ouviram?

E depois diz em tom claro e controlado:

— Nós não somos nós mesmas. Talvez imaginemos que

somos. Mas não é só isso: talvez nem ao menos sejamos nós que imaginamos sermos nós mesmas. Não, é o escritor, caras companheiras de ficção, que imagina que imaginamos sermos nós mesmas...

Agora a pequena assembléia é toda ouvidos.

— Quando falamos umas com as outras, como agora, na realidade é o escritor quem fala consigo mesmo. E quando nos olhamos, como neste momento, o escritor nos vê diante de seu olho interior. Ele está sentado em algum lugar a uma distância segura dando livre curso a seus pensamentos. E esses pensamentos, caras companheiras, tecem a nossa realidade...

Uma movimentação se insinua no pequeno círculo das personagens do romance. Mas ninguém ainda se arrisca a tomar a palavra.

— Vocês entendem o que estou dizendo? Vocês entendem como é grande o nosso infortúnio? Até mesmo o fato de eu ter desmascarado o escritor, de termos uma espécie de noção sobre ele, isso também é *ele* que imagina. Sim, pois nós não temos consciência, nós *somos* consciência. Não importa o que dissermos ou fizermos, é *ele* quem está dizendo e fazendo. Nós somos fantasia. E nem ao menos sabemos disso.

Ele ainda disse muito mais. Durante mais de uma hora, ficou de pé diante do fogo e expôs suas especulações para as outras personagens.

Apesar do conteúdo radical de sua mensagem, todas o ouviram com muita atenção — afinal, como herói do romance, ele sempre desfrutara de certo respeito entre as personagens. E também havia em suas palavras uma seriedade vibrante.

Quando ele finalmente acabou de falar, as outras personagens ainda ficaram sem ação por alguns instantes antes de voltarem a bebericar em seus copos. Finalmente a conversa engatou. Não demorou muito (página 159 em diante), já estavam todas envolvidas em acaloradas discussões. Então, o grupo se dividiu em duas facções: aquelas que acreditavam no escritor e aquelas que não acreditavam.

Elas discutiram até o raiar do dia, até a página 247 no romance, oito meses na vida do escritor. Eis um breve resumo dos resultados dessas discussões:

Personagens de romance eram pessoas totalmente normais, que moravam num lugar normal. Só que eram personagens de romance.

A cidadezinha não ficava longe do lago no qual elas haviam festejado a noite do solstício de verão. Havia um pequeno bar onde elas costumavam se encontrar à noite para tomar vinho. Durante todo o outono, as personagens discutiram se existia ou não um escritor.

Mas essas discussões sempre chegavam muito rapidamente a um impasse. As personagens que não acreditavam no escritor ficavam zombando das que acreditavam. Elas afirmavam que o mundo no qual viviam era o único real, e o escritor, este sim, era um produto da fantasia. As crentes, por sua vez, consideravam o mundo em que viviam um produto da fantasia e o mundo do escritor o único real. As não-crentes afirmavam que as crentes estavam apenas imaginando o escritor, ao passo que as crentes insistiam em que era o escritor que imaginava as personagens. Maior divergência de opinião entre personagens de romance não é possível imaginar. Todavia, nenhum dos lados conseguiu provar ao outro que estava errado. Apenas quem lia o romance sabia quem tinha razão. E os leitores se divertiam pra valer. Mas também eles aprenderiam alguma coisa antes de fechar o livro.

Assim se passou um inverno. Depois que as personagens já haviam discutido durante um ano inteiro se existia um escritor, as crentes decidiram convidá-lo para a próxima festa do solstício de verão.

Um dia, no começo de junho, elas subiram no topo de uma montanha nas proximidades da cidade e exclamaram para os céus:

— Querido escritor, quem quer que sejas na realidade, do fundo de tua própria alma, chamamos por ti. Revela-te a nós em nossa próxima festa do solstício de verão. Entra na história e passa esta noite com tuas criaturas. Tu podes nos ver e podes nos ouvir. E agora esperamos por um sinal teu.

Esse plano foi recebido pelas não-crentes com sonoras gargalhadas.

— Vocês estão duplicando a realidade — elas diziam. — Mas suas súplicas não serão atendidas por ninguém, a não ser por vocês mesmas.

— Não duplicamos a realidade, ela é que é dupla — replicavam as crentes. — Vocês é que a simplificam.

Quando se aproximava o dia de são João, as não-crentes também participavam dos preparativos para a festa e para a visita do escritor. De qualquer forma, a expectativa de uma revelação traria grande sensação à festa daquele ano.

Exatamente um ano depois de uma das personagens ter anunciado que se sentia como uma personagem, elas se reuniram novamente em torno da fogueira de são João. Isso aconteceu na página 376 do romance, no vigésimo sexto ano de vida do escritor.

Tudo foi arrumado exatamente como no ano anterior: havia camarão, vinho branco e uma grande fogueira. E agora as personagens se sentaram para esperar pelo escritor.

Embora mais da metade dos presentes não acredite no escritor, já no começo da festa o clima é de grande expectativa. Se é que se pode chamar a isso de festa — a verdade é que as personagens do romance estão ali sentadas e olham para o fogo tão sérias e nervosas como antes de uma sessão espírita.

Passam-se as horas. Na página 393, o sol se põe, e ainda não aconteceu nada que chamasse a atenção. Agora o clima está um pouco mais descontraído. Algumas das personagens começam a comer, outras bebem vinho, e uma ou outra cochicha com a vizinha.

— Agora vocês estão vendo — dizem aquelas que não

acreditam no escritor —, ele não vem. Ele não vem pelo simples motivo de que ele não existe. Não importa o quanto alguém que não existe se esforce, não importa o quanto ele possa estar disposto, de qualquer forma ele *não* pode vir a uma festa do solstício.

Elas riem e se divertem à custa das crentes. E embora nessa altura as crentes já estejam um pouco desiludidas, elas têm uma resposta na ponta da língua:

— O escritor existe de verdade, *nós* é que não existimos.

Passaram-se as horas. Logo a festa havia se tornado alguma coisa que apresentava grandes semelhanças com uma festa normal de solstício de verão — o que em boa medida se devia ao grupo que não acreditava no escritor. As personagens bebiam e conversavam alto. Algumas cambaleavam pela redondeza. Anoitecera e o fogo não queimava mais tão alegremente como antes.

Então, de repente, um dos convivas descobre uma figura desconhecida à margem do lago. Um estranho vem andando ao longo da praia em sua direção, um homem jovem.

O estranho pára a dez ou quinze metros da fogueira e olha receoso para os convivas. Pelo jeito, está sem coragem de se aproximar. Ele permanece ali por um bom tempo, observando-os à distância, revirando a areia à sua volta com os pés.

Finalmente, uma das crentes se levanta e diz:

— Você não quer chegar mais perto do fogo para se aquecer um pouco?

Com certa hesitação, o estranho assente. Devagar e cerimoniosamente, ele passa por entre as personagens ali reunidas. Diante do fogo, ele pára, vira-se e olha para cada uma delas.

Trata-se de uma figura esguia de rosto pálido, um tanto amedrontado. Apesar disso, ou justamente por isso, à luz das chamas que se extinguem, ele causa uma impressão um tanto lúgubre.

Antes que ele diga qualquer palavra, um dos convidados deixa escapar a pergunta direta e embaraçosa:

— Por acaso você é o escritor?

O homem sente-se visivelmente desconfortável. Afinal de contas, dez, doze olhares penetrantes estavam voltados para ele. Só depois de meio minuto, ele responde:

— Eu sou a sombra do escritor.

Diz isso num tom contido, mas com determinação. Depois acrescenta:

— Vocês queriam me ver. Pois bem: agora estou aqui com vocês. O que estão vendo é a minha imagem. Mas vocês também são imagens... É realmente estranho ver vocês assim cara a cara!

Foi assim que o criador se revelou às suas criaturas. As que não acreditavam nele evidentemente não queriam admitir que tinham o escritor diante de si. Preferiam pensar que as crentes haviam contratado o rapaz. Além disso, ele não se parecia em nada com um deus.

— Como é que vou saber que você é realmente o escritor? — perguntou uma delas.

— Você não pode saber de nada. Pois você não possui uma consciência com a qual possa saber. Você é minha consciência. E quando me sento à minha escrivaninha, quando me recosto na cadeira e escolho cuidadosamente minhas palavras, muitas vezes tenho que rir do fato de eu permitir que minha existência seja questionada pelas minhas próprias criaturas.

A curiosa personagem teve um sobressalto.

— Eu disse a vocês agora mesmo — declarou o herói do romance, que no ano anterior havia surpreendido o grupo com seu discurso —: nós não existimos de verdade.

Com visível orgulho, lançou um olhar perscrutador para seu mestre. Mas este não se deixou adular.

— Mas é claro que vocês existem! Em alguns meses, o livro sobre vocês estará lá fora na realidade em centenas de livrarias. Nos ônibus e nos bondes e nos trens, as pessoas estarão sentadas lendo sobre vocês. Acham realmente que elas desperdiçariam seu tempo com algo que não existe?

As personagens se entreolham. De repente parecem ver seu pequeno mundo num contexto maior.

— Eu criei vocês — diz o escritor. — Mas o que é a criação? Criar significa conquistar aquilo que só existe depois de ser conquistado. Mas agora que os conquistei em minha fantasia, vocês são inteiramente reais. Não se sentem assim?

Agora podia-se ouvir um cochicho em volta da fogueira. Se elas não sentiam que realmente existiam? Várias entre as personagens inclinam a cabeça positivamente.

— Eu penso — murmura uma delas —, logo, existo.

— Em mim há pensamentos — diz uma outra. — Logo, eu sou um outro...

— Somos parentes — exclama o escritor abrindo os braços. — Somos da mesma cepa. Eu mesmo sou uma criatura. E vivo num elemento muito mais louco do que o de vocês. Em alguns anos, não estarei mais aqui. Mas vocês sobreviverão a mim.

Aqui ele faz uma rápida pausa, olha mais uma vez à sua volta e finalmente acrescenta:

— Sou um ser terrivelmente frágil, caras personagens. Por isso, recorro a vocês. Algum dia não vou mais estar aqui, mas vocês permanecerão. Se não acreditasse em vocês, não passaria a minha breve vida aqui na terra escrevendo sobre vocês. Vocês tomaram emprestadas partes de minha alma para suas ações no meu romance. Mas eu também tomei essa alma emprestada. Ela não pertence a mim mais do que a vocês. E, na verdade, nós *somos* mais essa alma do que a *possuímos*.

Depois disso nunca mais se falou sobre esse acontecimento. Ninguém ousava tocar no assunto do escritor. E a vida em Lá continuou como antes.

DE SEGUNDA MÃO

Comprei um carro usado, resolvi arriscar. É claro que tudo pode acontecer, isso também sei. Mas quem não arrisca não petisca. E o carro ainda está andando muito bem.

Já notei alguns ruídos estranhos, algumas poucas irregularidades. Porém ainda não pude localizá-las, e também não tenho coragem de levar o carro para a revisão, pois teria a sensação de abandoná-lo à própria sorte. E também se eu me lançar sobre ele com visão de raio X, com certeza vou desanimar. O melhor neste caso é viver na incerteza. Se os cabos estiverem enferrujados, estarão enferrujados e pronto. Vou ficar sabendo a tempo. E se o calhambeque não andar mais, vou ter que mandar rebocá-lo. Tenho que ficar contente enquanto ele ainda está andando.

Acho que combinamos muito bem. Em certo sentido, temos a mesma idade. Com meus trinta anos, também sou um pouco usado, e também isso nem sempre aconteceu com razão e prudência. Não que eu esteja doente, não estou dizendo isso. Pelo que sei, tudo está funcionando a contento. Embora alguns ruídos estranhos, algumas poucas irregularidades algumas vezes tenham de fato me assustado. De novo, eu penso. Com os diabos! Talvez eu devesse ir ao médico. Mas para isso também não tenho coragem. Afinal, é bem possível que ele ache um defeito qualquer e me mande para a revisão geral. Assim é melhor, viver um dia depois do outro.

Temos já alguns anos de estrada, o carro e eu. Mas, mesmo

assim, seguimos ofegantes pelo mundo afora. Hoje estamos em Oslo, amanhã em Bergen. E no verão passado estivemos na Itália.

Assim passamos o tempo juntos, sem saber tudo um do outro. Em algum momento teremos que nos separar, temos que contar com isso. No fundo, tudo é sempre um jogo de azar.

PONTO DE ENCONTRO: CASTEL SANT'ANGELO

1º ato

Foi ela a primeira a desviar o olhar.

Foi em uma noite quando estavam num café que ele notou pela primeira vez como seu olhar trêmulo percorria inquieto o local abarrotado de gente.

Ele tentou trazê-la para mais perto de si. Ele havia passado o dia todo em volta dela.

Quanto mais intensamente ele tentava, mais claramente sentia sua resistência.

Finalmente, ela pediu um tempo para si mesma. Uma manhã na cidade. Uma noite.

— Não precisamos nos ver todos os dias.

— Mas Ine...

— Ultimamente você anda tão grudado.

— Porque você se afasta cada vez mais.

— Porque você me persegue. Com o seu olhar. Com toda a sua pessoa.

Agora ele está realmente com medo de perdê-la. Ela é tudo para ele. Ele tem medo de perder tudo.

Ela percebe o medo dele. Agora não vê mais o que a deixou tão apaixonada. Apenas vê a insegurança dele.

Ela marca encontros com intervalos cada vez maiores.

— Quando não estamos juntos, Ine, você se encontra com outro?

— Que pergunta mais esquisita!

— E que resposta esquisita.

— Você se lembra de Orfeu e Eurídice? Ele a perde porque a ama demais. Ele a perde porque se volta para vê-la.

— Trágico...

— Mas lógico, Morten. Você não entende isso?

— Eu amo você demais?

Agora ela está furiosa.

— Você mesmo pode responder a essa pergunta. Simplesmente não podemos nos deitar por aí e ficar o dia inteiro trepando.

— Trepando, Ine? Você chama de trepar?

— Não se faça de coitadinho!

Passam-se algumas semanas. Eles se vêem cada vez menos. E quando se encontram, nem sempre ela quer dormir com ele.

Ele estende a mão para ela. Ela recua. Ele sente a falta dela.

Então vem a ruptura:

— Acho que devemos parar, Morten. Pelo menos por um tempo.

— Ine, Ine!

Ele quer abraçá-la. Ela se afasta.

— Então eu tinha razão. Você não me amava.

— Você *acabou ficando* com razão...

— Você esqueceu as primeiras semanas? Você ainda se lembra da *Tosca*?

— Vamos conversar de novo daqui a um mês. Está bem, Morten?

— Você é quem impõe as condições aqui... Se você me pedisse para esperar dois anos, eu esperaria dois anos. Acredito em nós.

— Não entendo como você pode estar tão seguro de si.

— Mas não é você aqui quem está totalmente segura de si?

Agora ela hesitava? Alguma coisa havia mudado em sua expressão.

— Você fica esta noite?

— Não sei...

— Podemos dizer assim: vamos dormir juntos pela última vez...

Ele vagueia pela cidade e sente a falta dela. Ele luta por sua vida.

Escreve para ela. Isso ela lhe permitiu. Mas ela não responde. Todos os dias ela não responde. Também não telefona. O dia inteiro ela não telefona. E também não bate à sua porta. Todas as noites ela não bate à sua porta.

Ele escreve poemas para ela:

... presos num conto de fadas
apenas a dois encontraremos o caminho
presos num gobelino
que nós dois tecemos juntos
isolados de todos
com uma língua que apenas você e eu entendemos.

Não importava o que fizesse, ela estava sempre pensando nele. Ele se fixara no cérebro dela.

Ela tentou esquecê-lo. Então conheceu um outro. Um velho amigo de Morten. Uma coincidência engraçada...

Ela tinha a sensação de estar entregue aos poderes do destino. Ela precisava se afastar dele. Por um tempo pelo menos...

O jogo despreocupado com o outro era um refresco para Ine.

Passa-se um mês. Então eles se encontram num café.

— Escrevi longas cartas para você, Ine. Não íamos nos escrever?

— Realmente acabou, Morten. Eu gostaria que você continuasse a ser meu amigo, mas...

— Mas?

— ... estou com outra pessoa, agora. Com Magnus.

Ele olha para ela. Ele desiste. Sente que seu tempo já se foi. Levanta-se. Acaricia ternamente o braço dela e se vai.

— Morten! Espere, Morten! Eu não disse tudo ainda!

Ele a soltou. Agora não a segura mais no braço. Ela está livre.

E agora ela se dá conta de que o ama.

Ela se levanta de um salto e corre atrás dele. Mas Morten sumiu. Ela vai até a casa dele. Mas Morten não está.

2º ato

Ele está hipnotizado. Está enfeitiçado. Por Ine. Ela é o centro do mundo. Existe apenas uma mulher.

Ine, Ine!

O mundo continua tão belo quanto antes. As cores, os sons e os cheiros que ela o ensinou a descobrir. Ele absorve tudo isso.

Ele amou, ele amou Ine.

Ele anda pela cidade. Acredita vê-la de costas no meio da multidão. Ele a vê passar de bicicleta. Ele a vê lá adiante descendo do bonde. Mas não é Ine. Por toda a parte, ele não vê Ine. Por toda a parte, Ine sumiu.

Ele está triste, mas não infeliz. Na verdade, ele foi um felizardo. Viveu um conto de fadas. Foi o amante de Ine. Quantos podem dizer isso de si mesmos?

Agora o conto de fadas chegou ao fim. Morten decide morrer. Em Roma. Foi lá que tudo começou. Foi lá que a Europa começou. Foi lá que Ine e Morten se conheceram. Ela entrou impetuosamente em sua vida. Em Sant'Andrea della Valle. Com seu vestido amarelo. Tão arrebatadora, tão bela...

Ela vinha pela Sterne Turismo. Ele pela Tjæreborg.

* * *

Ele vai ao banco e saca seu crédito universitário. Dezesseis mil coroas. Ele compra duzentas mil liras. O restante ele pode trocar em Roma. Lá conseguirá um câmbio melhor. O que significa alguns dias a mais.

Morten não precipita nada. Primeiro quer ter mais uns dias para si. Quer viver em Roma até seu dinheiro acabar...

Ele vai ao Hotel SAS e marca seu vôo. SK 457 de Fornebu para Copenhague, na manhã seguinte às 10h20. De Copenhague, com a Alitalia às 13h40. AZ 396.

Dá um nome falso. Agora ele se chama Marius Inestad.

Ele vai para casa e pega seu passaporte. Numa bolsa, acomoda rapidamente algumas camisas e roupa de baixo. Ele já não precisa de muito...

Setembro. Mas em Roma agora é verão.

Ele passa a noite fora, andando sem rumo. Primeiro escreve a carta. Depois se despede.

Ine chora.

Ine tenta telefonar para Morten durante toda a noite. Ine bate à sua porta bem cedo na manhã seguinte.

Então ela vai para casa. Então abre a caixa do correio. Então seu coração dá um salto quando vê a carta. Ela está tão aliviada. Está tão feliz e contente. Uma carta de Morten!

> Querida e única Ine! Preciso agradecer imensamente a você! Você não tem culpa de tudo ter acabado entre nós, e eu também não. Simplesmente *teve que* terminar assim. É verdade: eu a amei demais.
>
> Quando você estiver lendo esta carta, eu terei desaparecido. Completamente, Ine. Você precisa tentar entender. A partir de hoje não existo mais. Dessa forma serei sempre seu.
>
> Com você, vivi infinitamente mais do que nos vinte e cinco anos antes de conhecê-la. Você consegue entender isso?
>
> Ine, você não pode pensar que quero censurá-la por algo. Não sinto outra coisa a não ser gratidão. Como uma onda estrondosa que se derrama na praia.

Viva, Ine! E então também viverei, de uma outra forma. Em você há mais de mim do que em mim mesmo.

PS. Queime esta carta. E não empreenda nenhuma busca. Eu asseguro que não estarei mais aqui quando você estiver lendo estas linhas. Terei desaparecido completamente, Ine, você tem que acreditar em mim. Meu corpo não será encontrado. Eu sou como um bicho. Eu me escondo quando sei que chegou o fim.

Entenda estas palavras como uma despedida. Como um sincero e carinhoso adeus!

Ela tem uma comoção. Sobe correndo para seu apartamento e se joga no sofá.

— Morten, Morten!

Ela acredita em cada palavra dessa carta. Ela conhece Morten. Ela o ama. Ela está aterrorizada.

— Um mal-entendido — murmura. — Foi um mal-entendido...

Enquanto isso, o avião dele aterrissa em Copenhague. Ninguém quis ver seu passaporte. Simplesmente fizeram um sinal para que passasse.

Ninguém sabe onde está Morten. Ninguém sabe que ele está vivo. Como foi fácil se livrar de sua identidade de vinte e cinco anos! Como foi fácil tornar-se um não-indivíduo!

Marius Inestad espera no setor de trânsito do aeroporto de Kastrup. Ele vai até o portão 26 e entrega seu cartão de embarque a uma italiana de cabelos castanhos.

Ele se mistura aos muitos executivos italianos. Ele também poderia ser um deles. Com certeza, passaria por um jovem empresário de Florença.

A aeromoça oferece-lhe jornais italianos. *Grazie!*

Assim que chegar em Roma, ele poderá jogar fora seu passaporte.

Ela não fica muito tempo deitada no sofá chorando. Mostra a carta ao outro.

Primeiro, explica sua relação com Morten. Eles tiveram um namorico. Agora já acabou. Mas ela queria que ele continuasse como seu amigo.

— Você acredita que ele fez isso, Magnus?

— Não sei, mas de qualquer forma não é impossível.

— Precisamos comunicar o desaparecimento dele.

— Ele não tinha família.

— Não tinha?

— Não tem. Tanto o pai como a mãe já morreram faz tempo. Ele era filho único...

— Era?

Eles vão à polícia. Mostram a carta. Contam o que sabem sobre Morten Dåsvann...

Ine não faz idéia de que ele possa estar a 36 mil pés de altitude. Ela prefere imaginá-lo em algum lugar em Nordmarka. No fundo de um lago sereno, na floresta.

Mas Morten está num avião sobre os Alpes. Há uma hora, ele está sentado em sua poltrona olhando fixamente para a saída de emergência. EXIT. EXIT. Ele já disse essa palavra centenas de vezes em pensamento. Como um mantra secreto.

Aqui está sentado alguém que planeja sua saída. Seu desligamento da Noruega, da vida de Ine, da história.

Agora o avião sobrevoa a planície do rio Pó e prepara-se para aterrissar. Em Milão, Morten tem que trocar de avião.

— Foi como um RPG. Você entende, Magnus? Acho que nos amamos de uma maneira quase sobrenatural...

— De qualquer forma, não foi difícil ver que era algo muito especial.

— Se tivesse sido o contrário, se ele tivesse sido o primeiro a se afastar, se tivesse agido um só segundo antes de mim, eu teria reagido como ele. Teria tentado recuperá-lo de forma violenta.

— E ele teria se afastado ainda mais?

— Teria! Você não acredita que o amor pode sufocar? Nós precisamos de ar...

— Então ele era o fogo e eu o ar?

— Talvez possamos dizer assim. Espero que você entenda...

— Entendo...

— Foi um mero acaso eu ter sido a primeira a desviar o olhar. E posso entender o desespero dele. Nós éramos tão felizes juntos.

— Você não pode se censurar por nada...

— Não, isso também não vou fazer. Simplesmente *teve que* acabar assim.

Mas Morten Dåsvann não está morto. Pela terceira vez neste dia ele está decolando de um aeroporto.

Abaixo à direita, ele vê Gênova, a branca cidade dos contos de fadas no golfo de Gênova. Depois sobrevoa a Toscana, antes que os encostos dos assentos sejam colocados na posição vertical e os cintos de segurança atados e se acenda o aviso luminoso VIETATO FUMARE. Começa a aproximação do aeroporto de Fiumicino.

Aqui também não há controle de passaporte. Em Milão bastou acenar com o caderninho vermelho.

Morten aterrissa no Aeroporto Leonardo da Vinci como não-pessoa.

Em casa, na Noruega, Ine e Magnus procuram por Morten. Ine só conhece Morten há meio ano. Mas ela o conhece melhor do que qualquer outra pessoa. Magnus o conhece desde o tempo de escola.

Eles tomam o trem de Holmenkoll até Frogneralm. Andam até Tryvann, pedem informações na Casa Tryvannstua. Vão até a Cabana Kobberhaug, seguem os caminhos dele. Param em todos os lagos e os examinam demoradamente.

— Acho isso tudo meio idiota. Nunca consegui entender esses sentimentos violentos.

— Você acredita no destino, Magnus?

— Não...

— Justamente porque Édipo tenta escapar do seu destino é que é pego por ele.

— Isso é literatura, Ine. Ou superstição.

— Tudo se deve a um mal-entendido. Ele acredita estar fugindo de seus pais. E com isso acaba indo parar justamente nos braços deles.

— E quando se dá conta da verdade...

— ... fura seus próprios olhos. É lógico. No fundo, ele estava cego o tempo todo.

— Você desistiu? Você acha realmente que ele...

— Sinto que ele desapareceu. Eu nunca mais vou vê-lo novamente. Está ouvindo? Ele não está mais aqui...

Em Fiumicino, Morten dirige-se à saída. Ele compra uma passagem para o ônibus do aeroporto. Quatro mil liras. Depois se junta novamente ao grupo de exaustos executivos.

Ele passa diante de um conjunto surrealista de edifícios comerciais para eventos e congressos, do lado direito, e de alguns montes de entulho, do lado esquerdo, e segue em direção ao Tibre. Então, à sua frente, avista o Coliseu. O ônibus pára na Stazione Termini. Morten toma um táxi para a piazza Navona. Quatro mil e quinhentas liras.

São sete horas. O crepúsculo se inicia. Morten vai para a fonte de Bernini em frente a Sant'Agnese. Em direção ao cordeiro com os quatro rios.

Foi aqui que tudo começou. No circo de Domiciano. A primeira noite com Ine. Desde o primeiro momento, eles se fundiram um com o outro. Juntos num ser andrógino.

Frios e molhados, Ine e Magnus descem do metrô no Teatro Nacional. Eles tomam um táxi para a sede da polícia em Grønland.

— Infelizmente nada. Mas todas as patrulhas já foram informadas, todos os postos estão avisados.

— Vocês têm a chave da casa dele...

— Não há nenhum indício de que ele tenha viajado.

Ela balança a cabeça. Como que para confirmar. Morten não é do tipo que foge. Ele sempre vai com tudo para cima das coisas.

Ine e Magnus despedem-se por esta noite. Ine bebe uma garrafa de Valpolicella. E chora, chora.

Ele anda um bom tempo pela piazza Navona. Ele não consegue compreender que está em Roma sem Ine. Ele acredita vê-la por toda a parte.

Ele vai ao Panteão. Em frente ao templo de todas as divindades está fervilhando de turistas.

Ele conhece seu objetivo. De Copenhague ele ligou para o Hotel Adriano e reservou um quarto simples por uma semana. Quarenta mil liras por noite.

O Adriano. A primeira noite juntos em Roma. O cliente de um pacote de viagem da Tjæreborg e a cliente de um pacote da Sterne Turismo num mesmo quarto. Depois das 23h00. A noite inteira. Uma semana inteira.

Doces beijos. Intensos abraços. Antigamente o hotel era o palácio de um cardeal. Doce pecado.

E isso num quarto ordinário de hotel. Uma cama e uma cômoda. Uma toalha de rosto e meia por pessoa. Três metros quadrados para se movimentar entre a cama, a cômoda e o minúsculo banheiro.

Não era um enigma? Que uma coisa tão simples pudesse se transformar num conto de fadas tão multifacetado? Em mil pequenos capítulos. Pois era o quarto de Ine...

Eles ficaram mais neste pequeno quarto do que lá fora na metrópole. Neste quarto havia mais para descobrir. Mesmo assim foram à ópera. Para Morten foi uma experiência totalmente nova.

Tosca. Tosca, que assegura a Mário que ele não será executado. Apenas parecerá que sim. Uma execução simulada. Com balas de festim. Ele deve fingir que está morto...

Eles o colocam diante das muralhas do Castel Sant'Angelo.

Come è bello il mio Mario!

Depois atiram, e Mario cai no chão...

La! Muori! Ecco un artista!

Cobrem-no com um casaco, e Tosca observa tudo à distância. Ela está feliz...

O Mario, non ti muovere...

Os soldados se afastam...

Ancora non ti muovere...

Agora não dá mais para ver os soldados, e Tosca corre para o seu amado.

Presto! Su, Mario! Andiamo! Andiamo! Su!

Mas Mário não se levanta. Scarpia a enganou. Tosca ajoelha-se ao lado de seu amado. Aterrorizada, ela vê sangue escorrendo de suas mãos.

Mario! Mario!

Então ela arranca o casaco que o cobria.

Morto! Morto!

Ela se atira sobre ele.

O Mario! Morto? Tu? Così? Finire così? Così!

Melodramático. Mas verdadeiro, Morten, verdadeiro. A vida *é* melodramática. Somos levados para um conto de fadas. Nós vivemos, Morten! Você já pensou sobre isso? Não é fantástico? Seguimos juntos por um tempo. Nos amamos, nos abraçamos. Talvez tenhamos filhos juntos... Mas a vida é breve demais. De repente, Morten, sempre de repente, somos novamente arrancados uns dos outros...

Morten segue decidido em direção ao hotelzinho no Campo de Marte. Via Maddalena. Via Metastasio. Ele entra no saguão. Como se fosse a coisa mais natural do mundo. Como se tivesse estado ali na semana passada. Tomara que o porteiro não o reconheça.

— Your passport, please.

O passaporte. É claro. Em Fiumicino, Morten o rasgou em pedacinhos e o jogou no cesto de lixo. Ele esqueceu, diz.

Com um amigo, no Nepal. Mas o passaporte já está a caminho. Para compensar, talvez ele possa pagar adiantado por toda a semana? Duzentas e oitenta mil liras. No aeroporto de Milão, ele trocou o resto de seu dinheiro.

Marius Inestad já se hospedou uma vez neste hotel. Será que ele poderia ficar no mesmo quarto? Trecentoventinove...

Ele vai para o elevador. Ela parece estar com ele. Seu sangue ferve. Seu coração dispara. Então ele abre a porta do pequeno quarto. Tudo está como na última vez. A cama, a cômoda, a mesinha...

Apenas a noiva não está mais aqui.

3º ato

Morten fica uma semana no Hotel Adriano. Ele ainda tem muito dinheiro. Ele sempre foi avarento. E sem dúvida seria um desperdício morrer sem ter gastado todo seu dinheiro.

Depois ele se muda para uma pequena pensão em Trastevere. Passam-se algumas semanas. Lentamente Morten vai despertando de seu encantamento.

Nos primeiros dias, ele andou somente pelo Campo de Marte. Pelos caminhos por onde esteve com Ine. Panteão. Piazza Navona. Piazza di Spagna. Fontana di Trevi. Bastidores de uma intensa paixão...

Ele vai até Sant'Andrea della Valle, onde Mario e Tosca se encontram no primeiro ato. *Mia sirena... mia gelosa!... Sempre "t'amo" ti diro!*

Ele entra no Corso Vittorio e toma o ônibus 64 para a piazza San Pietro. Passa em frente ao Castel Sant'Angelo, que fica do lado direito da rua. O mausoléu do imperador Adriano. O "bolo de casamento". A prisão.

Castel Sant'Angelo. Onde Mario deve morrer. Onde ele escreve a carta de despedida a Tosca. Onde ele canta a ária da torre. *E lucevan le stelle ed olezzava... Entrava ella, fragrante... Oh, dolci baci... L'ora è fuggita... E non ho amato mai tanto la vita!*

Mas depois Tosca traz a carta de libertação. *Liberi!* Um

salvo-conduto para dois. Ele a vê novamente apenas por um momento. Pois, apesar de tudo, ele é executado. E Tosca se joga da torre. *Avanti a Dio!*

A cidade o cativa. Ele estuda Roma. Já que ele está aqui...

Ele passeia pelo Foro Romano. Ele trouxe seus *panini* e uma garrafa de vinho tinto. Senta-se no Palatin. Contempla a cidade antiga.

Ele passa um dia inteiro no Museu do Vaticano. Dedica todo o dia seguinte à basílica de São Pedro. Está diante da *Pietá* de Michelangelo. Maria. A mãe de Deus. Que segura nos braços o filho crucificado. Ela é tão bonita. É tão jovem e tão pura. Porque nasceu sem o pecado original.

Ele também consegue obter acesso à necrópole sob a basílica de São Pedro, às sepulturas da Roma Antiga. Apresenta-se como doutor em arqueologia.

Um guia o acompanha. Um devotado católico que lhe mostra a antiga rua de túmulos na colina do Vaticano. Túmulos cristãos e pagãos lado a lado.

E aqui Morten desiste de sua decisão.

A morte não é mais uma tentação. Aqui, de qualquer forma, ele já está cercado de morte por todos os lados. Por tantas paixões. Por tantas vidas vividas.

Por que Morten deveria morrer? Ele já está morto. Na Noruega ninguém sentirá a sua falta. Ele destruiu todas as pontes atrás de si.

Morten está no Reino dos Mortos. Está no Hades. Ele é uma sombra errante. É um homem apócrifo.

Morten não quer morrer. Ele ama demais essa cidade para isso. Ama demais a lembrança de Ine para isso.

Morten sabe desenhar. Ele estudou alguns anos na Escola de Artes e Ofícios. Ele pode desenhar os turistas na piazza Navona. Por dez mil liras por retrato.

Ele compra um cavalete. Os negócios não vão mal. E ele ainda tem oito mil coroas de seu crédito educativo.

Assim se passa um inverno. Morten Dåsvann torna-se cada vez mais romano. No começo, tem medo de ser reconhecido por alguém de seu país. Com certeza, não é engraçado estar em Roma e cruzar com um amigo morto pelo caminho.

Ele deixa crescer a barba. Pára de cortar os cabelos. Às vezes, pinta os olhos. Ou usa óculos escuros.

Ele aprende italiano. Um dia, desenha um ex-colega de classe sem que este o reconheça. Agora ele se sente seguro. Agora a metamorfose está concluída.

Agora ele já não vê mais Ine em todas as mulheres na piazza Navona. Continua dedicando as manhãs aos seus estudos. Ele visita muitas igrejas. Às vezes, vê Ine numa imagem de madona.

Vê Ine na igreja de Santa Cecília em Trastevere. Ele vai a essa igreja com freqüência. Sente-se atraído por ela. Pela igreja rococó que parece um bolo de marzipã. Diante do altar, está deitada Cecília. Em tamanho natural. Esculpida em mármore. O belo corpo envolto por um fino véu. Sensual, apenas como a arte católica consegue. *Ecco femmina!*

Religiosidade católica, revestida de sensualidade. Ou sensualidade revestida de religiosidade católica. Num bolo de marzipã.

Mas que falta ela lhe faz!

Ine, Ine!

Em casa, na Noruega, Ine está deitada no sofá e chora. De manhã, ela acorda e se arrasta até a cozinha. Agarra-se à mesa do café da manhã. Cobre o rosto com as mãos e chora sobre seu café, que esfria totalmente. Senta-se no ônibus com lágrimas nos olhos.

Horas, dias, semanas...

Morten! Misterioso e encantador Morten! De onde você veio? Para onde você foi?

Como você pôde... Você não percebeu que eu o amava?

Eu mesma não tinha entendido!

Então a neve cai. Envolve o outono em macio algodão. Cobre todos os rastros. Cura todas as feridas.

De vez em quando, ela se encontra com Magnus. Eles são como irmãos agora. Ela perdeu seu namorado. E ele seu melhor amigo.

Irmãos. Tem que ser assim. Ine espera que Magnus entenda. Mas ela sente que ele espera outra coisa.

Fevereiro. Ele decide voltar. Ir a Canossa. Ele está disposto a assumir as conseqüências.

Escreve uma carta a Ine. Esta carta deverá chegar à Noruega algumas semanas antes dele. Isso facilitará tudo.

Querida Ine.

Quando você abrir esta carta, vai sofrer um segundo choque por minha causa. É melhor você se sentar numa poltrona confortável. Procure esquecer toda a tristeza.

Como você vê, não estou morto. Não foi por falta de coragem. Mas nem sempre as coisas acontecem como a gente imagina.

Vim para Roma. Afinal foi aqui que tudo começou. E, então, aconteceu uma coisa comigo.

Eu estava muito sozinho, mas não estava sofrendo. Pensei tanto em nós dois...

Estou escrevendo estas linhas para poupá-la do choque de me encontrar na rua... É claro, sei que também preciso me apresentar à polícia.

Vou mandar um cartão para você quando eu estiver em casa de novo. Por favor, venha me visitar, se quiser. Mas não precisa. Posso entender. Se quiserem também podem vir vocês dois.

Já passou tanto tempo. Eu vivi como artista e estudante. E você? Por acaso se casou?

Morten

Mas Ine não recebe essa carta. Ela está de férias. Ela faz reservas para uma semana em Roma. A lembrança de Morten a leva até lá.

Um pouco contra sua vontade, ela permite que o outro a acompanhe. Mas deixa claro que quer ter seu próprio quarto. Em Roma, ela quer tempo para si, mas naturalmente eles podem almoçar e jantar juntos...

Sterne Turismo. Ine e Magnus saltam do ônibus em frente ao Hotel Adriano. Como experientes viajantes cosmopolitas.

Se ela poderia ficar no quarto trecentoventinove? Ela... ela já tinha ficado nele uma vez. Há exatamente um ano.

O porteiro pára e fica pensando. Segura a chave na mão por alguns segundos, imóvel.

— Trecentoventinove? Are you sure?

— Yes, please...

— Of course. Trecentoventinove.

Ela vai até o elevador arrastando consigo sua grande mala.

Ela abre a porta. 329.

Uma cama, uma cômoda...

Morten! Como o mundo é vazio sem você.

E então ela se lança sobre Roma.

Morten pinta retratos de turistas na piazza Navona. Ine almoça no Tre Scalini.

Morten está sentado na piazza di Spagna pensando. Ele prepara sua viagem de volta para casa. Ine come um mil-folhas no Caffè Greco na Via Condoti.

Morten alimenta os pombos na praça São Pedro. Ine vai ao Museu do Vaticano.

Morten atravessa o Tibre em Isola. Ponte Fabricio. Ine visita o mercado de pulgas em Trastevere.

Magnus a deixa bastante sozinha. Ele é atencioso, compreensivo.

Eles almoçam em Trastevere. Bebem uma garrafa de Barolo. E café. Com Straveccia Branca.

Eles reencontram o mesmo tom de intimidade das semanas do desaparecimento de Morten.

Depois voltam ao hotel. Ela tem umas garrafinhas de Campari em seu quarto. Seis miniaturas. Um gole antes de voltarem à cidade...

Magnus tenta ser atraente. Sedutor. Ele quer quebrar o gelo. Eletrizá-la.

Ele a abraça. Quer dormir com ela. Implora. Suplica.

Ela se defende.

— Eu disse não, Magnus. Amigos. Bons amigos. Nada mais.

— Ele está morto, Ine. Ele não pode ficar entre a gente.

— Você é querido, Magnus. Você é querido até demais. Não é esse o problema, mas...

— Só uma vez, Ine. Só hoje. Depois nunca mais. Nós dois estamos sozinhos. Uma simbiose, um consolo para nós dois.

— Não *aqui*. Você tem que entender. Este era o nosso quarto...

— Venha!

Ele sente-se tão bem com tanto vinho no sangue. Ele está por cima. E é primavera em Roma...

— Você está louco — ela diz. — Totalmente louco!

Ele borrifa Campari no cabelo dela. Uma seiva vermelha, melada. Ele sorri e está excitado. O álcool lhe dá o controle sobre tudo. Ele a aperta contra a cama.

E, então, ela o recebe dentro de si.

Meia hora depois, ela se senta na cama. Com uma sensação ruim. Revirada por dentro. Ela se sente abusada. Ludibriada. Mas foi tanto culpa dela quanto dele.

Ela toma um banho.

— Vamos dar nosso passeio noturno agora?

— Vamos, Magnus... Mas você...

— Eu...

— De alguma forma foi bom. Mas agora tem que terminar. Me prometa isso, Magnus. Agora acabou.

— Prometo.

Ele faz o sinal-da-cruz. Como se a Virgem Maria o tivesse feito prometer.

* * *

Eles caminham pela cidade. Vão ao Panteão. Via Metastasio. Via Maddalena.

Ine pensa em como a ascensão de Maria era celebrada no Panteão antigamente. Uma boneca de palha vestida de Maria era erguida por uma roldana até um grande buraco no teto. Lá em cima, ela sumia entre nuvens de tule e anjos de papelão suspensos.

Aleluia! Aleluia! A virgem Maria subiu aos céus, e rejubilam-se as legiões celestiais!

Ingênuo. Incrivelmente ingênuo. Mas um arrepio lhe percorre o corpo ao pensar nessa cerimônia.

Depois vão até a piazza Navona, a sala de estar de Roma. Ela deixa que ele ponha seu braço em volta dela. Se ela pode dormir com ele, certamente também vai lhe permitir isso. É natural.

Eles chegam à grande praça em frente à fonte de Bernini. Fontana dei Fiumi. Passeiam ao redor da fonte.

Sant'Agnese. De quem um soldado romano arrancou a roupa do corpo. Em conseqüência do que, em poucos segundos, seus cabelos cresceram a ponto de lhe esconderem o corpo nu. E, então, ela foi envolvida por uma veste divina de uma luz misteriosa.

Morten está atrás do cavalete. É sua última noite como pintor de rua em Roma. Na quarta-feira, ele voará para Oslo. Alitalia, de Fiumicino, 8h15. Ônibus da Stazione Termini às 6h30.

Ele vai voltar para casa na Noruega, para onde está Ine.

Ela já deve ter recebido a carta. O que ela estará pensando?

Morten está sendo esperado em casa. Ele está voltando do Hades. Como Eurídice. Ou como Lázaro. Não, isso não. Essa parábola cheirava demais a cadáver...

E então ele vê Ine na piazza Navona!

Ele se apóia em seu cavalete.

— Ine!

Ela está de braços dados com o outro. Uma onda quente de ciúmes o inunda.

Com certeza se casaram nesse meio tempo. Claro — eles estão casados. De braços dados. Casais de namorados andam de mãos dadas. Os casados, de braços dados...

Certamente ela está grávida, ele pensa. Talvez estejam em lua-de-mel...

Ine! Como você pôde...

Então ela não recebeu a carta. Ine e a carta sobrevoaram os Alpes em direções opostas.

Ele precisa falar com ela. Ele não pode ir para casa sem antes falar com ela. Ele precisa anunciar sua volta. Sua partida...

E ele também não sente uma leve esperança?

Mas não aqui. Aqui ele não vai se deixar reconhecer. Não enquanto o outro estiver com ela.

Ine senta-se diante de um pintor de rua. Foi idéia de Magnus. Ele paga. Ele quer um retrato dela.

Ela segura o riso e se apruma, ainda com um pouco de vinho no corpo.

Ela poderia ter se sentado diante de Morten...

Ine é retratada na piazza Navona. No circo de Domiciano. Ela olha para o pintor. Uma versão moderna de Mario Cavaradossi.

Tosca...

Mario, ela pensa. E Morten!

Ine nunca havia pensado no fato de que os nomes são um pouco parecidos. Como é que ela não havia reparado?

Eu sou mesmo boba, pensa.

A poucos passos dali está Morten, de pé, atrás de seu cavalete. Ele não tem medo de que ela possa reconhecê-lo.

Não dessa distância. Não atrás do cavalete. Não com cabelos compridos e barba. E, afinal, ninguém conta encontrar um morto numa praça em Roma.

Então ele a desenha. Morten está no circo de Domiciano desenhando Ine. Há exatamente um ano, esta praça pertencia aos dois. Esta cidade. Esta vida.

Ele a retrata como uma madona de Munch. Com traços rápidos. Ousados. Sensuais.

Agora Morten está inspirado. Um dique se rompeu. Foi um longo inverno.

Juntam-se pessoas à sua volta. Muitas pessoas.

— O que ele está desenhando? Este homem está desenhando sem modelo.

— Beautiful, signore. Really artistic...

— Bravo!

— Ecco un artista!

Mario está tomado por demônios. Por dentro, ele é assolado por uma tempestade. E então ele fica triste. Seus olhos se enchem de lágrimas. Ele chora.

Ninguém diz nada.

Ali adiante, na esquina do lado esquerdo. Onde Munch pintou um esqueleto. Ou um embrião. Ou ambos. Nesta esquina Morten desenha a si mesmo. Prostrado de joelhos.

Agora ele terminou. Ele pega uma caneta e um pedaço de papel.

> Ine. Eu estou aqui. Me perdoe. Mas não depende só de mim. Eu não tenho mais tudo sob controle. Tudo é tão lógico. Tinha que ser assim. Preciso falar com você, Ine. No Castel Sant'Angelo. Lá em cima na torre, Ine. Amanhã às 12h00. Não tenha medo. Mas vá sozinha. Prometa. Eu não vou estragar nada.
>
> (Outrora teu) Morten

Ele dobra o papel. Chama um garoto e lhe dá uma nota de cinco mil liras. Aponta para Ine.

— La signora...

— Sì, sì. Grazie, signore.

— Prego, prego.

Então ele sai da praça. Deixa o cavalete com a madona. Diante dele ainda se aglomeram os passantes admirados. Ninguém se atreve a mexer na madona.

— Uma obra-prima!

— Em cinco minutos!

— Vocês viram que ele chorou?

— Um verdadeiro artista!

Antes de sair da praça, ele se vira e vê que a carta foi entregue a Ine. Depois segue pelo Corso Vittorio, pelo Campo de'Fiori, pelo bairro judeu, pela ponte Garibaldi e de volta à pensão.

Ine, Ine!

— Scusi... Signora, una lettera.

— Come dice?

— Ecco.

— Grazie...

Ela abre a carta. E dá um pulo do banquinho onde está sentada.

— Morten, Morten!

— Deixe-me ver, Ine. Deve ser um mal-entendido.

— Não, não. É a letra dele. Estou vendo, Magnus. Eu sei. Ele esteve o tempo todo aqui. Em Roma...

— Venha!

— Estou com medo. Estou com um medo terrível.

Então eles vão. Pagam por um retrato semi-acabado, que Magnus enrola e carrega debaixo do braço.

Se tivessem olhado à sua volta na praça, teriam percebido as muitas pessoas diante do cavalete.

Algumas horas mais tarde, a piazza Navona está deserta. Mas a madona de Morten ainda está lá no cavalete em frente a Sant'Agnese.

Na manhã seguinte, Morten acorda bem cedo. Antes de ir dormir, ele adiantou seu relógio em uma hora.

Horário de verão...

Também da última vez que esteve em Roma, com Ine, eles adiantaram o relógio em uma hora.

"Verão..." Eles festejaram o verão como um noivado.

Morten esteve no Hades, no Reino dos Mortos... E hoje ele vai encontrar Ine. Ele nunca compreendeu por que tudo teve que acabar assim... Não fazia sentido. Devia haver um erro em algum lugar. Devia haver um jeito de voltar.

Ele arruma seu quarto, toma banho, café da manhã. Então vai para a cidade.

Desde o outono passado, Morten não se barbeava nem cortava os cabelos. Agora ele vai ao barbeiro. Hoje ele vai encontrar Ine. Ela deve vê-lo como ele era antes...

— Buon giorno, signore. Barba?

— Sì, grazie.

— Anche i capelli?

— Sì...

A mão do barbeiro escorrega... corta o rosto de Morten com a navalha.

— Scusi, scusi!

— Não tem problema, signore.

Sangue.

Com cuidado romano, o desajeitado barbeiro limpa o sangue da face de Morten. E aplica um esparadrapo sobre o corte.

Ine fica sóbria. Ela passa a noite inteira acordada.

Trecentoventinove... Ela olha pela janela. Um pátio interno.

Como ele pôde simplesmente deixá-la assim? Como ele pôde viver meio ano em Roma sem ela? Sem voltar, sem escrever uma carta?

Mas ela não o tinha abandonado antes?

Ela não podia contar com tê-lo de volta. Meio ano. Com certeza, ele tinha agora uma nova namorada. Talvez tivesse feito um curso de italiano no Istituto di Norvegia. E em Roma sempre existiu uma comunidade norueguesa. Ou uma liga escandinava.

Uma estudante de artes... Ou uma romana autêntica. Ou uma garota do interior. Amanhã ela vai vê-lo. Se pelo menos amanhecesse logo.

Morten, Morten!

Ele anda pela cidade.

Santa Cecília. A freira que sob o domínio do imperador Marco Aurélio foi condenada à morte num banho turco superaquecido. Que foi descoberta quinze séculos depois. Lá estava o corpo da jovem como se ela tivesse acabado de adormecer. Intacto. Como uma virgem em sua cama. Santa Cecília. Que inventou o órgão. Ela ouviu o canto dos anjos. E, então, lhe foi concedida a capacidade para construir esse instrumento que podia reproduzir a música celestial.

Ponte Cesto. Isola. Ponte Fabricio...

Ele chega ao Campo de'Fiori, onde em 1600 Giordano Bruno foi queimado na fogueira por ter afirmado que o Universo era infinito... Hoje é um mercado de peixes, carnes e hortaliças. Figos verdes e suculentos. E grandes e brancos estômagos bovinos. Uma iguaria. E à noite o ponto de encontro dos junkies romanos.

Depois ele segue o Corso Vittorio. Adiante, à direita, vê o Castel Sant'Angelo. Já é quase meio-dia.

Alguns dos relógios pelos quais ele passa ainda não foram ajustados. Em alguns ainda falta um pouco para as onze...

São oito horas. Só agora Ine adormeceu. E então o despertador toca.

Ela se veste, vai para a rua e se senta num bar.

— Caffè nero, per favore. E un panino.

Como ela vai passar o longo tempo de espera?

Depois de beber seu café e comer seu pãozinho, ela toma um táxi até a praça São Pedro. Poderia dar um pequeno passeio. Quem sabe até consiga dar um pulo na basílica de São Pedro. De qualquer forma, já está na margem certa do Tibre...

* * *

Morten subiu na torre do Castel Sant'Angelo. Faltam cinco para o meio-dia. Ele indicou um ponto de encontro exato. Morten e Ine já estiveram aqui antes. Ele tem certeza de que ela virá. Ninguém deixa escapar assim a oportunidade de encontrar alguém que acabou de voltar do Reino dos Mortos.

Castel Sant'Angelo. Originalmente o mausoléu do imperador Adriano. Imperador Adriano, que morreu de hidropisia. Ele deve ter sofrido terrivelmente, e tentava subornar seus escravos para que lhe apontassem o ponto abaixo do coração onde um golpe certeiro de punhal lhe traria a morte.

Antes de morrer, ele escreveu sua "Mensagem à alma":

Pequena e meiga alma,
hóspede e companheira do corpo,
aonde você vai agora,
pálida, imóvel, nua
sem nunca mais brincar como outrora.

Castel Sant'Angelo. Que parece um bolo de casamento. Morten e Ine marcaram um encontro no topo de um bolo de casamento.

Ah! Com certeza ela já está casada. Como a vida é cruel e injusta!

Ine, Ine, você está vindo? Meio-dia e cinco. Lentamente, Morten começa a se inquietar.

Onze e cinco. Ine ainda tem muito tempo até seu encontro com Morten. Ela está sob a gigantesca cúpula da basílica de São Pedro. As letras lá em cima, que ela pode distinguir tão bem daqui de baixo, têm dois metros de altura. Numa grande catedral nos sentimos muito pequenos. Como uma criança sob a providência do Deus Todo-Poderoso.

Morten espera por sua amada na torre. Quase meio-dia e quinze... meio-dia e meia. Ine, Ine! Por que você não vem?

Ela sai da basílica e lentamente, mas com passos determinados, anda pela Via della Conciliazione, a rua que leva da praça São Pedro ao Castel Sant'Angelo.

O caminho da reconciliação. Será que para ela e Morten também haverá uma reconciliação?

Vinte para a uma. Por que ela não vem? Agora Morten está realmente nervoso. Para isso ele não estava preparado. Ine, Ine — por que você me abandonou?

Então ele se dá conta da verdade. Ine e Magnus se casaram. Eles estão em lua-de-mel. Eles não querem deixar que um invasor recém-chegado do Reino dos Mortos arruíne seu idílio amoroso. Ninguém vai para um *rendez-vous* com um antigo amante durante a sua lua-de-mel. Nem mesmo se esse amante esteve morto por muito tempo.

Sim, foi uma ingenuidade. Como pôde acreditar que Ine iria querer se encontrar com ele ali? E, sem dúvida, de qualquer forma, ele já havia lhe incutido sentimento de culpa demais.

Teria sido melhor se ele tivesse posto um fim a tudo em setembro. Ele deveria ter renunciado e saído do caminho. Assim o teria designado a lei na natureza...

Morten toma uma decisão. Ele não pode ficar o resto da sua vida ligado a uma mulher que não o ama. Como um rejeitado. Como um bilhete branco na grande loteria.

Como um eterno suplicante.

Desde criança, Morten sempre carrega no cinto uma faca de acampamento afiada. Agora ele sabe por quê. Agora ele sabe para que serve a faca. Ele teve os dias que quis para si. No átrio, no limbo...

De repente tudo lhe parece tão lógico. Ele não seria o primeiro a morrer no Castel Sant'Angelo.

Ele acredita ouvir Mario cantar a ária da torre.

E luziam as estrelas
e recendia a terra,
rangia a porta do jardim
e um passo roçava a areia...
Ela entrava, fragrante,
E caía em meus braços...
Oh, doces beijos, oh lânguidas carícias,
Enquanto eu, fremente,
As belas formas liberava dos véus!
Esvaneceu para sempre meu sonho de amor...
A hora se foi...
E eu morro desesperado!
E nunca antes amei tanto a vida!

Ine olha para um relógio na Via della Conciliazione. 12h45. Ela tem um sobressalto, dirige-se a um padre que estava passando, pergunta as horas em seu italiano precário, mostra seu próprio relógio.

— São quinze para uma, signorina. É o horário de verão. A senhorita não sabia?

A senhorita não sabia? É claro que é horário de verão. Sempre é verão quando Ine e Morten estão em Roma. Um mal-entendido. Um engano.

Morten, Morten! Tomara que eu não chegue tarde demais! Você ainda está na torre esperando por mim?

Ine corre para o Castel Sant'Angelo. Ela vê muitas pessoas lá em cima na torre. E aquele bem à esquerda não é Morten?

Como è bello il mio Mario!

Quase uma hora. Morten passa rente ao arcanjo. Então tira a faca da bainha. Está cheio de força e de decisão. Ele consegue sozinho. Não é o imperador Adriano. Não precisa da ajuda de escravos para morrer.

Primeiro ele corta os pulsos. Depois crava a lâmina em seu peito abaixo do coração e se joga sobre ela.

Ine chega correndo à arena. Ela tem um mau pressentimento. Ela vê como a multidão se aglomera embaixo de são Miguel Arcanjo.

Ela abre um caminho. Um guarda... dois guardas... e um policial. Estão curvados sobre um homem.

— Morto, signore, morto...

Ine ajoelha-se diante dele.

— Levanta, Morten! Você não está me ouvindo? Levanta!

— Morto, morto!

Ela se joga sobre ele.

— Morten, pelo amor de Deus!

Ela ergue os braços.

— Foi um mal-entendido. Um engano...

— A senhorita o conhece? Sabe quem é ele?

Ela chora, levanta os olhos para o policial. Ele a segura pelo braço.

— A senhora sabe como ele se chama?

— Si, si... Mario. Mario Cavaradossi.

E agora chega o outro.

Ele passa seu braço em volta dela.

— Ele está morto, Ine. Vem.

Ela olha para ele com absoluta frieza. Fixa e friamente.

— Acabou, Ine, acabou...

Ela se desvencilha dele.

— Ainda não, na verdade ainda não.

Agora ela incorpora totalmente seu papel. Alguma coisa parece erguê-la. Ela sabe o que tem que fazer. Ela estudou seu papel. Sabe o libreto de cor e salteado.

Ela corre até o terraço e sobe no parapeito.

— Ine, o que você está fazendo? Pare, Ine! Você está louca...?

— *Avanti a Dio!*

E, então, ela se deixa cair e se precipita sobre a ponte Sant'Angelo e a margem do Tibre. Nesse momento, em Oslo, uma carta é jogada na caixa de correio em sua casa.

LIBERDADE

Boa-noite, dizemos, e abrimos os braços. Logo em seguida, acendemos um cigarro e olhamos amedrontados à nossa volta. Espero não ter dito nada de errado.

De onde vem toda essa vaidade?

Por um prazo limitado, arrastamo-nos num globo terrestre pelo Universo. E no bonde um olhar nos apavora!

Parece que temos mais medo da vida do que da morte, que o nosso medo dos nossos semelhantes é maior do que o nosso medo da noite cósmica.

Não importa quem sejamos ou o que façamos: em centenas ou milhares de anos, isso estará esquecido. Será que não deveríamos tirar algumas conclusões desse fato? Quero dizer, não deveríamos aproveitar a vaidade em nosso próprio benefício, fazer dela uma forma de enriquecimento?

Sem dúvida, seria desagradável se todas as situações da vida fossem lembradas para sempre. Não significa para nós uma liberdade incomensurável podermos pensar: amanhã — amanhã isso tudo estará esquecido?!

Não pretendo com isso conclamar à irresponsabilidade. Mas não precisamos ter preocupações a nosso próprio respeito. Não precisamos pensar em nosso necrológio. Disso estamos liberados. Podemos viver aqui e agora.

TOSSE PERIGOSA

Solveig não comia bombons. Um pedacinho de chocolate para acompanhar o café, sim, ela se permitia algumas vezes antes e depois do encontro da União dos Missionários. No café da manhã, vez ou outra, até mesmo um marzipã inteiro. E cantarolando durante seus afazeres domésticos, era balas ou pastilhas que chupava. Ela não era propriamente magra. Mas bombons ela não comia.

Afinal de contas, os bombons podiam conter *sherry* ou outra bebida alcoólica, um licor talvez, que deixava a cabeça confusa e cheia de pensamentos pecaminosos. Com bombons nunca se sabia! O próprio vinho da eucaristia, o sangue de Cristo, ela ouvira dizer que podia conter álcool. Solveig fora mais de uma vez ao escritório do pároco, atrás da sacristia da Igreja Missionária, conferir se realmente não havia licor ou vinho madeira no vinho da eucaristia. Ela precisava simplesmente perguntar, pois sempre achou muito bom o gosto daquele vinho.

Afinal de contas, ela pertencia a uma espécie pecadora. Até na mercearia da esquina se vendia cerveja. Ela chegou a pensar em comprar todo o estoque de álcool com suas economias e despejá-lo no esgoto, que é para onde ele acaba indo mais cedo ou mais tarde. Contudo, ela sozinha não era forte o suficiente para impedir a venda de bebidas alcoólicas nos supermercados. Esse era também um tema constante de suas conversas com Jesus e com seu periquito.

Em intervalos regulares, Solveig lia sua história preferida no Êxodo, a história sobre os milagres do Senhor no Egito. Então ela sorria de contentamento e dava risadas e tapas nas coxas quando o Deus de Israel infligia suas penas àquele povo pecador. A parte de que ela mais gostava era quando o Senhor fazia o coração do faraó endurecer e transformava todo o pó sobre a face da terra em mosquitos que se lançavam sobre as pessoas e o gado. Ou, um pouco mais adiante, quando chegava ao milagre das águas, onde Moisés, Abraão e o resto de seu povo eram conduzidos por um anjo através do mar Vermelho, enquanto os egípcios pagãos morriam todos afogados. Não escapou *um* só homem, estava escrito. Ela via os egípcios diante de si, via-os mortos na beira do mar. Mas por que o Senhor não mandava também hoje seu anjo para zelar pela ordem nas mercearias da Terra? Eram essas coisas que Solveig não conseguia entender.

E, então, veio o outono trazendo resfriado e tosse. Chá com mel e grogue com flores de sabugueiro já não adiantavam mais. Solveig precisava de algo mais forte, e explicou isso à farmacêutica com todos os detalhes. A farmacêutica recomendou-lhe um vidro do Bálsamo de Bergen. Que engraçado, pensou Solveig, nós produzirmos nosso próprio xarope para a tosse aqui em Bergen!

Mal chegou em casa, ela abriu o pequeno frasco e tomou uma colher de sopa bem cheia. O bálsamo tinha um gosto forte e estranho, mas afinal de contas ela precisava proteger muito bem seu corpo. Pois seu corpo também era um templo de Deus. Solveig explicou isso ao seu periquito ainda na mesma noite.

Ela tomou mais uma colher de sopa. E depois mais uma. Aquele era mesmo um remédio milagroso. Depois da sexta colherada, a tosse já havia sumido. Mas nunca se sabe. Solveig tinha ainda uma longa noite pela frente. E assim foi preciso abrir caminho para a sétima e a oitava colheradas pela boca de Solveig — que não protestou. No final da noite, só havia um restinho no fundo do vidro, que Solveig esvaziou até a última gota. Mal não podia fazer, afinal de contas ela havia comprado o frasco numa farmácia.

* * *

Nessa noite Solveig teve muitos sonhos estranhos. O remédio surtira efeito. Talvez ele fosse a resposta às preces de Solveig, ela acreditava nisso de verdade. Nos últimos dias, ela havia incluído a tosse em todas as suas orações noturnas. Nessa noite, ela quase adormecera já antes da primeira oração. Desse jeito, o próprio Satã poderia fazer cair em tentação até mesmo o mais devoto filho de Deus.

Na manhã seguinte, ela acordou feliz e animada. E ficou ainda mais feliz quando, logo depois do café da manhã, tossiu três vezes em seguida. Sem dúvida, ela precisava ir outra vez à farmácia. Dessa vez, pediu dois vidros do bálsamo peitoral à gentil farmacêutica. Afinal de contas, nunca se podia saber quanto tempo iria durar uma tosse feia daquelas. Por isso, era melhor já ter remédio suficiente em casa.

— Infelizmente só posso lhe vender um vidro de cada vez — disse a farmacêutica.

Que estranho, pensou Solveig, então estão mesmo fazendo racionamento de novo. E justamente de xarope para a tosse! Cerveja e cigarro eram outra coisa, mas xarope para a tosse...

Mas, então, para que é que havia outras farmácias em Bergen? Assim, Solveig foi até a Botica do Leão no outro lado da cidade e lá também comprou um vidro do seu bálsamo.

Orgulhosa como uma rainha, ela foi para casa e colocou os frascos na geladeira. Ela não iria abri-los imediatamente. Queria guardá-los para a noite. Mas já durante a tarde, foi diversas vezes à cozinha tirar a rolha de um dos frascos e cheirar seu conteúdo. Aquilo de fato recendia a incenso e mirra. Se ela fosse um dos três reis magos, teria depositado bálsamo peitoral diante da manjedoura para o Menino Jesus. Afinal, Jesus havia compartilhado do sofrimento da humanidade. E talvez também ele tivesse tido um pigarro de vez em quando... Mas certeza absoluta Solveig não tinha. Na verdade, a Virgem Maria devia sempre ter tomado cuidado para que o Menino Jesus não passasse frio e porventura pegasse uma gripe.

Chegou a noite, e Solveig colocou seu melhor vestido em homenagem aos dois pequenos na geladeira. Agora sem mais hesitar, ela derramou alguns goles do xarope em sua xícara de café e foi se sentar diante da gaiola, pois o periquito era seu melhor amigo, logo depois de Jesus.

Nessa noite, ela deu bastante atenção à sua saúde e tomou seu remédio conscienciosamente e em quantidade suficiente. Primeiro uma pequena xícara, depois mais uma. Depois só mais uma bem pequenininha. Ela tentou dar uma folheada em seu livro de orações, mas hoje não estava conseguindo se concentrar muito bem. Nessa noite, estava vendo palavras tão estranhas, palavras não, letras. Para falar a verdade, não estava podendo ir além das letras. Só o A já era tão engraçado, o jeito como ele escarranchava as pernas, que Solveig não pôde conter um risinho maroto. O A também havia sido criado pelo Senhor, pelo Deus de Israel. Foi a primeira de todas as letras que Ele criou, a letra de Adão. E depois Ele criou o resto do alfabeto — até o Å norueguês, um A com uma auréola, quase uma letra da revelação.

Quando ela acordou na manhã seguinte, embaixo da mesa na cozinha havia dois frascos vazios de xarope para a tosse.

Começou uma nova vida para Solveig.

Estranhamente, porém, as constantes visitas às farmácias estavam se tornando cada vez mais embaraçosas para ela. Ela estava simplesmente constrangida por não conseguir se livrar daquela tosse horrível.

Para não chamar a atenção de forma constrangedora, ela comprava esparadrapo, um vidro de vitaminas ou uma latinha de Bálsamo do Tigre antes de pedir seus pequenos castanhos.

E havia muitas farmácias na cidade! Só agora ela descobrira.

Agora todos os dias Solveig fazia a sua ronda. Três ou quatro frascos de bálsamo peitoral ela conseguia acomodar em sua bolsinha antes de ir para casa, de volta para seu periquito. É preciso tratar dos resfriados, ela ouvira dizer. E, por isso, todas as noites ela era paciente e enfermeira numa só pessoa.

Uma noite, então, ela teve que constatar que estava curada de tudo o que lembrava um resfriado. Por mais que se concentrasse, não tossia mais. Ela pigarreava, engolia em seco e tentava de tudo, mas a tosse desaparecera para não mais voltar.

O periquito ria de suas tentativas frustradas. Porém ela tinha ainda dois frascos na geladeira. E quando caiu a noite, passou de mansinho por detrás do periquito e pegou um frasco na cozinha para combater a estafa da tosse. Quando o frasco ficou vazio, só lhe restava um único na geladeira. E, então, Solveig bebeu também esse.

Na manhã seguinte, as ruas estavam cobertas de neve. E Solveig sentiu uma pontinha de dor de cabeça.

Como os dias haviam passado depressa nos últimos tempos! Já era o Advento, e o Natal estava batendo à porta.

A despeito de tosse e resfriado, Solveig tivera um belo outono. Duas asas de anjo invisíveis a haviam transportado através dos dias durante os últimos meses. Mas agora ela estava um pouco temerosa do que estava por vir.

Ela tinha um novo amigo. Antigamente eram apenas o periquito e o livro de orações. Agora ela tinha também o xarope para a tosse — ou o "bálsamo peitoral" — assim simplesmente soava melhor...

Há quarenta ou cinqüenta anos, Solveig se apaixonara uma vez. Ela podia se lembrar como se fosse ontem. Aquela paixão ainda estava entranhada nela até a medula. E fora exatamente assim durante todo o outono. Com a inquietude de uma mulher apaixonada, ela fazia suas compras diárias e esperava ansiosamente pela noite diante da gaiola do passarinho.

De resto, tudo continuava como antes. Solveig ainda não comia bombons. Chocolate e balas, ela podia dispensar. Mas ainda havia o primo que aos domingos sempre tomava uma cerveja *bock* no almoço. E para ela ainda era difícil ir comprar leite e queijo e ter que suportar a visão daquelas garrafas repugnantes.

Ela sempre achara especialmente horrorosas as garrafas marrons de cerveja. Nos últimos tempos, pelo menos com a cor do vidro ela se familiarizara. Não era na cor que morava o pecado!

Na União dos Missionários, diziam-lhe que ela estava bem, tão alegre e bem-disposta e outras coisas boas. O segredo do xarope, porém, ela guardava para si. Ela não era do tipo que abusava da confiança de um amigo. Como é que ficaria se de repente toda a União dos Missionários fosse em peregrinação à farmácia para comprar xarope!

O resfriado de Solveig chegou ao fim, assim como também a vida um dia chega ao fim. O primeiro dia sem o bálsamo peitoral foi suportável. O segundo, um pouco menos. No terceiro, ela estava na Farmácia do Cisne.

— Pois não, senhora Andersen?

Solveig comprou uma latinha de Bálsamo do Tigre e um frasco de xarope para a tosse. Depois foi até a Farmácia Estrela do Norte e lá também comprou um frasco. E um na Botica da Águia, na avenida Rasmus Meyer.

Um pouco de xarope sem dúvida era bom também contra a tosse que poderia chegar amanhã ou no meio da próxima semana — se ela não tomasse direitinho seu remédio. Por três dias, não fora uma boa menina. Mas hoje já esvaziara um dos seus frascos a caminho de casa.

Na Confeitaria Reimers, ela pediu uma xícara de café e um folhado de maçã. E nenhum dos homens atrás de seus jornais reparou que ela cumpria seu dever. Com um hábil movimento da mão, abriu sua bolsa preta e deu conta do frasco número dois. Não porque fosse necessário, mas como medida de segurança.

O conteúdo do frasco surtiu efeito imediato. Logo já se sentiu bem melhor. Então, ela flutuou de volta para casa ao encontro de seu periquito.

— Bilu-bilu, meu currupacopaco — ela chilreou ao abrir a porta de casa. — A mamãe chegou!

E bebeu o próximo frasco. E depois mais um. E assim se passaram os dias.

Logo começariam as provações de Maria e José. Em homenagem aos reis magos, ela pendurou uma estrela de Natal na janela. Assou sete tipos diferentes de biscoitinhos. E toda segunda e quinta-feira tilintavam os latões de lixo.

O Natal de Solveig durou até a Páscoa. Agora o Menino Jesus já era há um bom tempo um homem-feito com bata e sandálias. Numa sexta-feira no final de março, ela participou de sua crucificação, exatamente de acordo com o costume. Para essa festividade, ela reservara um pote cheio de croissants de baunilha. No domingo, de manhã bem cedo, Jesus ressuscitou dos mortos, conforme prometera no início do ano eclesiástico. A própria Solveig só acordou algumas horas mais tarde. Agora quase todas as mágoas estavam curadas. O pequeno mal-estar que ainda restava ela curou com o xarope para a tosse.

Ela manteve seu amor secreto durante toda a primavera. Nem mesmo um só dia seu amado a abandonou. Com mão amorosa, e não sem o ardor do desejo nas veias, ela segurava os frascos cada vez mais firmemente junto de si.

Às vezes, ficava melancólica ao ter que se separar dos vasilhames de cada dia. Mas, afinal de contas, todos os frascos eram parecidos. E, por isso, aos seus olhos eram a mesma e única pessoa.

Solveig, que não tinha o que se pode chamar de uma vida agitada, agora andava sempre ocupada. Todos os dias, ela fazia sua ronda pela cidade. Dessa forma, encontrava muitas pessoas para as quais sorria e acenava cordialmente com a cabeça. Ela também adquirira o hábito de se fazer atender por diferentes farmacêuticas em cada farmácia. Assim, foi desenvolvendo um plano de ação bastante engenhoso e original.

À noite, às vezes, sonhava que os pequenos frascos eram

seus órfãos que o garrafeiro recolhia em sua carroça e devolvia à farmácia depois de ela os ter beijado um a um.

Ainda antes de brotarem as árvores na primavera, sua ração diária aumentara para quatro ou cinco frascos. Mas sua bolsinha ainda comportava tudo o que ela precisava para uma conversação pacífica com seu periquito.

Graças ao xarope para a tosse, ela nunca mais havia tido dores de garganta. Era desnecessário e insensato tomar cerveja durante a refeição. As afecções da garganta podiam ser evitadas com o consumo de xarope para a tosse.

E, então, de repente tudo estava totalmente mudado. Um dia, o xarope tinha apenas gosto de xarope — assim como o café tem gosto de café, e balas, gosto de balas. Faltava alguma coisa. Ela não sabia o quê, mas o dourado e sedutor com que seu secreto amigo lhe havia adoçado a solidão desaparecera sem deixar vestígios.

Ela percebeu assim que levou o frasco à boca. O frasco era um frasco. E o xarope era xarope.

É sempre assim quando o amor acaba. Embora estivesse mais quente e o sol subisse mais alto no céu, o humor de Solveig caiu em profundezas abissais, e os dias não eram mais bonitos.

Depois de semanas cheias de esperanças e de promessas quebradas, chegou a hora da verdade com toda a dor e toda a humilhação que um momento desses traz consigo. Chegou na forma de uma manchete no *Dagen*, o jornal cristão no qual Solveig até então depositara sua confiança.

O que Solveig bebera não era xarope. Era *álcool*!

Até agora, dizia o jornal, o Bálsamo de Bergen contivera mais de vinte por cento de álcool. Mas com o enérgico clamor, entre outras organizações, da própria União dos Missionários de Solveig, essa porcentagem fora reduzida para o mínimo estritamente indispensável.

Satã a enganara. Solveig não via motivo algum para duvidar dessa notícia no jornal. Ela considerava o jornal um apêndice perpétuo ao Novo Testamento. Seu jornal surgira sob a direção do Espírito Santo.

Solveig sabia muito bem o que eram "percentuais". Percentuais eram algo terrível e hediondo. "%" era o símbolo da Besta. A marca de Satã.

Nessa noite, Solveig sonhou que era uma discípula de Jesus. Era quinta-feira santa, e ela estava sentada com Jesus e os outros apóstolos para a ceia na União dos Missionários. Ela era Judas Iscariotes e sabia que trairia o Menino Jesus por trinta frascos de xarope para a tosse. E, de repente, ela era são Pedro. Estava no alto de um rochedo, sozinha entre o céu e a terra, e tossiu três vezes. Ao que o periquito trinou, e o pastor irrompeu na casa de Solveig levando de lá seu livro de orações.

Desde esse dia, Solveig come bombons. Desde esse dia, ela almoça todos os domingos na casa de seu primo. Desde esse dia, ela não compra só leite e creme na mercearia. Desde esse dia, Solveig nunca mais pôde ser vista na União dos Missionários.

ÓRGÃO

Um homem não pode carregar toda a dúvida do mundo em suas costas. Um homem é antes de mais nada apenas um fenômeno.

Mas com exagerada freqüência, o homem toma a consciência do mundo para si. Acho que isso é ir longe demais.

A alma do mundo toca no órgão da história, do qual cada uma e cada um de nós somos apenas um tubo. Mas não quero entupir a passagem de ar do meu tubo com minhas dúvidas! Preciso cantar a minha nota de forma que ela possa ser ouvida em toda a catedral. De qualquer forma, não tenho mais do que uma voz.

Quando a alma do mundo me preenche com seu sopro, eu me ponho a assobiar alegremente. Eu sou um tom, uma cor e uma nuance no Universo. O protesto eu prefiro deixar para outros. O contraponto é formado pelos outros tubos do órgão. Sem falsidades, eu posso ser eu mesmo.

Francamente, só posso ser eu mesmo porque sei que sou também todos os outros. Também sou aquilo de que duvido. Também sou aquilo em que não acredito. Como tubo, estou ligado ao fole do órgão, a fonte original que sopra a vida em todos os tubos.

Na verdade, o que pensamos não tem nenhuma importância. Afinal de contas, todos nós temos razão.

O CATÁLOGO

De que serve do labor a sina
Se o elaborado ao nada se destina?
Goethe, *Fausto II*

I.

O Catálogo abrange o mundo inteiro. Ele cobre o globo terrestre como uma rede de malha fina, e com o tempo essa rede se torna cada vez mais densa. Toda a humanidade colabora. Nem uma única alma desprovida de talentos é excluída. E mesmo assim todo o esforço é vão.

Já com dezessete anos, comecei a trabalhar no Catálogo. Para ser mais preciso, como garoto de recados, na pequena localidade portuária onde vivo até hoje. Agora estou com setenta e três anos e há quase três décadas sou o redator-chefe de meu país. Portanto, se me proponho a avaliar o significado dessa obra, não o faço sem uma boa base de conhecimento.

O Catálogo é o diário coletivo da humanidade. Ele é publicado de quatro em quatro anos (nos anos bissextos), e todas as pessoas maiores de idade no mundo são obrigadas a escrever uma contribuição de sete a catorze linhas para cada edição.

Portanto, quando um cidadão completa dezoito anos, ele tem que saber o que gostaria de contar para o mundo. E deve ser algo bem pensado, pois o Catálogo será estudado com o maior respeito nas escolas e nas famílias e guardado para sempre.

Evidentemente, uma contribuição pode ser reproduzida sem modificações na nova edição, mas todos têm o direito de apresentar um novo artigo a cada quatro anos. Essa é, sem dúvida, a solução mais comum. Um grande número de pessoas, contudo, deixa seu texto como está durante muitos anos, às vezes pela vida inteira — seja por preguiça, seja por monomania ou por falta de imaginação.

Já mencionei que o Catálogo abrange todo o planeta. Sempre no mesmo dia (29 de fevereiro), é publicado um Catálogo em cada região. Nele são relacionados em ordem alfabética todos os habitantes da região (de cerca de cem mil a quinhentos mil). E um exemplar do Catálogo é remetido a cada residência imediatamente após a publicação. Assim, é muito fácil procurar nele o que parentes e amigos no mundo inteiro consideram importante. Em cada região, o público deve ter acesso aos catálogos do país. Um índice nacional informa em que região do país cada cidadão está domiciliado. Além disso, em diversos locais existem grandes bibliotecas que abrigam os catálogos do mundo. Essas bibliotecas não se diferenciam entre si mais do que gotas d'água, não importa em que lugar do mundo a pessoa esteja. Andando por essas bibliotecas, é possível entrar em contato com a população mundial. Isso porque, além da edição na língua original, todos os catálogos estão disponíveis como tradução para uma língua universal. Desse modo, é possível verificar em poucos minutos a sentença de cada indivíduo no mundo inteiro.

Creio que a partir do que foi exposto até aqui seja possível inferir que o Catálogo é elaborado de forma cem por cento democrática. Perante o Catálogo, todos têm os mesmos direitos e deveres, não importa em que lugar do mundo cada um se encontre. Não existe um metacatálogo, uma antologia ou um Catálogo dos Catálogos onde estejam reunidas as "melhores" citações. Bem no início da história do Catálogo, chegou a se fazer a proposta de privilegiar grandes homens e mulheres, como chefes de Estado, poetisas e filósofos, concedendo-lhes mais espaço do que aos espíritos mais simples e menos importantes. Mas essa proposta foi rejeitada por uma expressiva maioria da população. E mesmo a proposta um pouco mais tímida de dar a determinada elite a possibilidade de destacar tipograficamente suas sentenças também não encontrou aceitação. Afinal, conforme consta, "perante o Catálogo, somos todos iguais".

O fato de todos serem iguais, todavia, não significa que seja fácil para o pessoal do Catálogo receber uma sentença de cada cidadão e cidadã. Isso eu posso atestar, pois trabalho há mais de cinqüenta e cinco anos para o Catálogo. Muitos, aliás, a grande maioria entrega suas contribuições a tempo. O cidadão médio não cumpre apenas de bom grado seu dever cívico, não, ele possui uma verdadeira obstinação em se manifestar. Com bastante freqüência, contudo, temos que conseguir as sentenças por meio de medidas coercitivas. Quando isso se revela impossível, o nome em questão aparece sem sentença no Catálogo, o que é considerado a pior das vergonhas. Não é quase um crime uma pessoa ir tocando sua vida de um ano bissexto para outro sem ter nada de importante para dizer? Tais espíritos insípidos também são tachados de parasitas. De tempos em tempos, vem a público a proposta de lhes tirar moradia e alimentação.

Mas, se pensarmos bem, o que se exige na verdade não é muito. A cada quatro anos, entre sete e catorze linhas, mais do que isso não queremos absolutamente — afinal, somos da opinião de que uma vida humana não se legitima somente por meio de processos físicos. Viver uma vida, da concepção à morte, isso os animais e as plantas também conseguem muito bem. Muitos, porém, consideram a existência física apenas um instrumento ou um órgão para a vida interior — que, como dissemos, é refletida pelo Catálogo. Pelo menos uma vez a cada quatro anos, as pessoas deveriam fazer um esforço e se perguntar como estão avaliando sua vida neste planeta. Elas precisam, por assim dizer, tirar a colher da boca e se perguntar para que estão comendo.

Embora, na verdade, todos disponham de tempo suficiente para refletir sobre as opiniões que desejam transmitir, entre os milhões de registros do Catálogo existem diferenças gritantes de qualidade. Apesar disso, todos são dispostos com a mesma sobriedade — trate-se de profundas reflexões existenciais ou das mais rasas banalidades. Numa única página, podemos ler uma contradição lógica de grande sagacidade, um paradoxo sutil , uma sátira política, a busca aferrada por solucionar o enigma da vida, uma tentativa obstinada de traduzir a quintessência do Catálogo em palavras, a experiência de um camponês com a criação de gado e as receitas de cozinha de uma dona-de-casa. Nesse sentido, o Catálogo também certifica o triunfo da democracia. Não há nenhum tipo de exigência quanto ao estilo ou ao conteúdo. Todas as contribuições têm o mesmo valor. Filosofia e bosta de cavalo são a mesma e única coisa.

Ninguém vive em vão. Todos são mencionados nominalmente no Catálogo, todos podem pensar e dizer algo que será guardado para todo o sempre.

II.

Ler o Catálogo significa colher a nata da história.

Quantas reflexões profundas, quantas dores de cabeça, quantas almas não se escondem por detrás de uma edição do Catálogo! Em nosso tempo, a palavra "cultura" tornou-se sinônimo de "Catálogo". A cultura no sentido arcaico desse termo desapareceu no início do século XXI. Ainda existem pessoas que se ocupam com essa cultura, porém, somente por interesse histórico.

Ao contrário da cultura pré-catalográfica, o Catálogo possui, antes de mais nada, um inestimável sentido prático. Onde quer que estejamos, podemos verificar o que qualquer pessoa em qualquer lugar do mundo considera essencial. Não é difícil deduzir os benefícios práticos que a humanidade retira desse fórum. O Catálogo pode ser de grande valia, por exemplo, para quem procura um amigo ou um cônjuge. Assim, pode acontecer que, ao sermos apresentados a uma pessoa, casualmente nos lembremos do que ela escreveu no Catálogo. E assim já temos um tema de conversa e podemos iniciar o novo relacionamento.

Muitos também usam o Catálogo na busca pela VERDADE. Há exemplos de mulheres e homens que viajaram o mundo inteiro para conhecer determinada pessoa que despertou seu interesse no Catálogo. Sempre há pessoas entrando em contato umas com as outras para discutir a fundo suas sentenças. Grupos de estudo e escolas filosóficas multiplicam-se como coelhos. O mundo todo é uma só irmandade.

O Catálogo também sempre foi objeto de fervorosas especulações. Já foram escritos inúmeros tratados sobre como deveria ser lido e interpretado. Atualmente, o método "aritmético" é considerado a forma mais interessante de leitura. Com base em alguns princípios aritméticos, esse método possibilita que o Catálogo seja lido como uma representação coesa. Essa representação reflete a história da realidade, esboça um quadro do desenvolvimento da vida na Terra, parafraseia diferentes sistemas filosóficos etc. Sobretudo, porém, ela une milhões de sentenças e reúne toda a humanidade numa única alma, sim, numa única voz narrativa.

Místicos hindus reconhecem nessa escola sua antiga doutrina brâmane, ou da alma do mundo. Todos somos fragmentos da mesma consciência, impulsos de uma e única alma, facetas do mesmo olho. Esse olho é o Catálogo. E o Catálogo é o olho de Deus.

Também no Ocidente foram apontados precursores pré-catalográficos do método aritmético. A partir de uma base puramente especulativa, um filósofo como Hegel chegou às portas do método aritmético. Ele aplicou esse método à história da mesma forma que podemos aplicá-lo hoje ao Catálogo. Hegel também observa o arbitrário, o indivíduo, com os olhos semicerrados. Ele lê a história tal qual um relato de como o espírito do mundo adquire consciência de si mesmo. Hoje a escola aritmética acredita poder verificar essa visão *in concreto*. O Catálogo é — tomando emprestadas as palavras de H. G. Wells — *the world brain*.

Em que medida o método aritmético induz ou não a erro é, sem dúvida, uma questão do maior interesse. E justamente nesse dia a questão deverá ser tratada a fundo. Porém, ainda é cedo para um julgamento definitivo. Esse julgamento caberá aos nossos filhos e aos nossos netos.

III.

Assim, tudo deveria estar na mais perfeita ordem. Todos estão orgulhosos do patrimônio comum da humanidade. Mas qual é o proveito que o Catálogo traz de verdade? Que sentido tem a cultura do ponto de vista da eternidade? Como um homem que está envelhecendo (minha vida é, de fato, um empreendimento único), é com profundo pesar que sou obrigado a dar uma resposta negativa.

O Catálogo não tem valor algum. Não passa de um monstruoso manifesto da vaidade humana. Como já reconheci, possui certa importância prática. O Catálogo é um fórum para a humanidade, um mercado de almas, uma lista de endereços no Reino do Espírito. Nesse sentido, tem mais valor do que a antiga cultura. Mas a morte ele não nos fez mais fácil.

O Catálogo foi desenvolvido para dar a todos os seres humanos a possibilidade de inscrever seu nome e suas reflexões numa placa imperecível, num meio que está além do tempo e do espaço. Assim como gerações anteriores guardaram o nome de Buda e de Aristóteles, o Catálogo deve preservar a lembrança de todos os exemplares da espécie humana.

Eu mesmo me engajei com o maior entusiasmo nesse projeto. Mas a verdade é que a grande falha do Catálogo está justamente em sua idéia fundamental. Pois o que nele escrevemos também são sinais na areia. Quero explicar isso melhor.

Há três bilhões de anos, surgiram em nosso sistema solar os primeiros sinais de vida primitiva. Em nossos dias, no momento em que estamos desenvolvendo uma noção coerente da evolução da vida na Terra, percebemos também uma série de sinais de alerta sobre o declínio dessa vida. Depois de três bilhões de anos tateando no escuro, a vida alcançou uma consciência de seu próprio desenvolvimento. Com isso, poderíamos dizer que esse desenvolvimento cumpriu sua finalidade. Atingimos o objetivo. E esse objetivo é a consciência do desenvolvimento rumo ao objetivo.

O que resta então? Simplesmente a vida deve continuar para sempre? Isso é possível? Isso é necessário? Não chegamos ao final do caminho?

A liquidação da vida do ponto de vista puramente técnico é uma questão à parte. Com ela não deveríamos nos preocupar. Ela se desenvolve por sua própria conta. Com minuciosidade matemática, os seres humanos se dedicaram a dar um fim à biosfera. Ainda temos o último trecho pela frente. Apenas precisamos cumprir a derradeira tarefa, cometer o suicídio coletivo no palco da vida, e então poderá cair o pano para o aplauso cego e mudo do cosmo.

Somos virtuoses na *ars moriendi*. Mesmo que uma ou outra tentativa de suicídio não tenha êxito, sempre existirá uma série de outras pessoas trabalhando independentemente dos que fracassaram. Se não celebrarmos o último réveillon do mundo com um espetáculo de pirotecnia atômica, nos sufocaremos mutuamente como uma cultura de bactérias numa solução de açúcar. E se demorar muito até que toda a vida seja exterminada dessa maneira, mais cedo ou mais tarde abriremos as cortinas da camada de ozônio para que finalmente os raios ultravioleta possam entrar na sala de estar do planeta.

Mas os métodos são uma questão à parte. *Como* poremos um fim à vida não possui interesse nesse contexto. Muito mais importantes são os pressupostos espirituais. O círculo se fechou. O desenvolvimento chegou ao seu fim. Não há necessidade de mais história, não há lugar para mais história.

Ainda existe o Catálogo. A cada vez, ele se torna mais abrangente. Os depósitos estão cada vez maiores, logo eles cobrirão uma grande parte da superfície da Terra. A cada edição é mais difícil para a vida viva encontrar espaços livres. O Catálogo tem primazia. A história tem primazia. Mas temos lugar para mais história ainda, temos lugar para mais cultura ainda? Temos condições de suportar mais pensamentos e idéias? Não estamos chegando a um ponto de saturação? A história já não está farta de vida?

E mesmo que conseguíssemos conceber uma civilização que nunca chegasse a um fim, o Catálogo seria um projeto sem perspectivas. Na melhor das hipóteses, nos afogaríamos em cultura. O problema é que produzimos mais história do que conseguimos digerir. No final, estaremos com papel até os joelhos. Naufragaremos nos excrementos do nosso próprio passado. Há muito já se foram os tempos em que os seres humanos viviam sua vida na terra sem deixar nada além de seu esqueleto e uns cacos de argila. Somente nos últimos cinqüenta anos foram escritos mais livros do que em todo o período anterior da história da humanidade.

Talvez o Catálogo ainda continue a existir por mais cem ou mil anos. Mas o que são mil anos? Nesses últimos dias que ainda me restam na Terra, posso me permitir ampliar um pouco a perspectiva. A civilização, essa fina camada de gelo que pisamos em nossas andanças, de qualquer forma é apenas uma ilha no mar do caos. E mesmo se não fosse assim, levaria apenas um número finito de anos (que número é esse, em princípio, não faz nenhuma diferença) para que toda a vida se extinguisse em nosso sistema solar, pois nossa estrela está se consumindo no cosmo. E, para mim, que me restam no máximo quinze ou vinte anos, não há nenhuma diferença entre mil e um bilhão.

Não existe eternidade. Essa é a questão. Não existe uma tábua de salvação nesse oceano no qual flutuamos à deriva.

Não tenho mais medo da morte. Aceitei que o meu tempo de visita é limitado. Mas não consigo me reconciliar com o fato de que tudo — sim, realmente tudo — vai acabar. Não tenho nada a que possa me agarrar, nada eterno, nada que esteja acima de nossas efêmeras bagatelas e quinquilharias.

Talvez o Catálogo sobreviva a mim. Mas ele não vai sobreviver indefinidamente. Ele também é um processo no tempo e no espaço.

Esse Universo, no qual vivemos sobre um grão de poeira, ainda sabe que existe. Mas essa consciência é um fenômeno evidentemente transitório. E ainda que a escola aritmética tenha razão ao afirmar que o Catálogo é o olho de Deus, esse consolo de nada vale se esse olho é uma ilha no nada.

Do tempo não podemos nos esconder em lugar nenhum. O tempo nos acha em toda parte. Toda a realidade afundou nesse elemento incansável em que se passa nossa vida.

Por que escrevo tudo isto? Talvez seja uma última tentativa de obter algum controle. Não sei. Também não quero importunar os outros com meu tédio. Para mim, é indiferente se estas linhas serão encontradas e lidas depois da minha morte ou não. Também terei ido embora, desaparecido — como tudo desaparece. Não importa quantas voltas o mundo dê, nenhuma afirmação é tão importante para que não se dilua no grande contexto. Pertencemos a uma estirpe tagarela. A coisa mais racional que um ser humano pode fazer é se calar.

Daqui a alguns dias, entregarei meu pedido de demissão ao Secretariado Internacional do Catálogo. Não fracassei apenas como redator-chefe do Catálogo neste país. Também fracassei como ser humano. Quando a próxima edição do Catálogo for impressa, meu nome será publicado sem a contribuição obrigatória.

Estou quite com o mundo.

ESTA OBRA FOI COMPOSTA PELO ESTÚDIO O.L.M. EM PALATINO, TEVE SEUS FILMES GERADOS PELO BUREAU 34 E FOI IMPRESSA PELA GEOGRÁFICA EM OFF-SET SOBRE PAPEL PÓLEN SOFT DA COMPANHIA SUZANO PARA A EDITORA SCHWARCZ EM OUTUBRO DE 2001